सहन की पराकाष्ठा

कहानी संग्रह

मोहन सिंह रौतेला

अंजुमन प्रकाशन

Title :Sahan Ki Parakashtha
Author :Mohan Singh Rautela

Published By-
Anjuman Prakashan
942, Mutthiganj, Prayagraj, 211003
www.anjumanpublication.com
anjumanprakashan@gmail.com

Printed and bound in India.
Paperback, First published by Anjuman Prakashan in 2022
ISBN : 978-93-91531-85-0
Copyright © 2022 Mohan Singh Rautela
Printing rights reserved : Anjuman Prakashan 2022
Cover & Typeset by Anjuman Prakashan

Price in india:200/-

समर्पण

उन सभी स्नेहीजनों को समर्पित जिन्होंने मुझे
लिखने के लिए प्रेरित किया।

परिचय

26. मार्च. 1983 (लिखित रूप से सभी प्रमाण पत्रों में 05. जून. 1983 अंकित) को उत्तराखण्ड के ग्राम नौबाड़ा, ब्लाक भिकियासैंण, तहसील रानीखेत (मौजूदा समय में तहसील द्वाराहाट), जिला अल्मोड़ा, में एक अति साधारण परिवार में हुआ।

स्कूल जाने की शुरूआत प्रा. पा. नौबाड़ा से की, दसवीं रा. इ. का. उत्तमसांणी से और ग्यारहवीं-बारहवीं में रा. इ. का. ताकुल्टी में विद्यार्थी रहा। पढ़ाई-लिखाई यहीं तक ही सीमित रही।

कवितायें, कहानियाँ, उपन्यास पढ़ने में, और साथ ही साथ लिखने में भी रुचि तो पहले से ही थी मगर निजी जिम्मेदारियों के चलते अपनी रुचि को दबाये रखा। दबाये रखने की वजह से स्वभाव ही संकोची बन गया। मन में घर कर गई हिचक ही थी जो स्वरचित कविताओं एवं कहानियों को साझा करने से रोक देती।

साहित्य विषय का ज्ञान रखने वाले मित्रों की प्रेरणा से लिखे हुए, बिखरे पन्नों को इकट्ठा किया है। पहला कहानी-संग्रह "हाँ कहूँ या ना?" प्रकाशित हो चुका है, यह दूसरा कहानी-संग्रह है।

मौजूदा समय में दिल्ली में रहकर एक निजी कार्यालय में कार्यरत।

स्थाई पता :- ग्राम व पो. ऑ. नौबाड़ा, तहसील द्वाराहाट, जिला अल्मोड़ा, उत्तराखण्ड 263660

मो. :- 9654406223

ईमेल:- mohanrautela1@gmail.com

बस इतना ही कहना है

भावनात्मक जीवन शैली से प्रयोगात्मक जीवन शैली की ओर भागते आज के मानवीय जीवन को देखते हुए जो द्वंद मेरे भीतर उठता है, उसे भले ही मैं कलम से ठीक-ठीक कागज पर उतारने की जितनी भी कोशिश कर लूँ, लेकिन द्वंद है की थमने का नाम ही नहीं लेता। कितना उतार पाता हूँ, नहीं जानता।

कभी-कभी यही अंतरद्वंद मुझे अंतरविलाप से भर देता है। जो छप्पुकांन (अदृश्य काँटा) की तरह झसकता (दुखता) भी है और चिड़ँक (चिंगारी) की तरह सुलगता भी है। ईजा-बौज्यु (माता-पिता) से मिले संस्कार और परायों से मिला अपनत्व सब याद आने लगता है। सहन की पराकाष्ठा तक द्वंद को सहने के बाद भी .....ये सच हो गया तो, वो सच हो गया तो का भय मन को घेरे रहता है। जिस पर कोई बेभुत(भभूत) भी काम नहीं करता।

इसी द्वंद में उलझे भावों को कहानियों का रूप देने की कोशिश की है। इन कहानियों को भी कुमाँऊनी आँचलिकता में पिरोया है।

कुमाँऊनी शब्दों का भरपूर प्रयोग किया है और उनका कहीं-कहीं पर अर्थ और कहीं-कहीं पर भाव को भी हिंदी में लिखने का प्रयास किया है।

मोहन सिंह रौतेला
ग्राम व् पो. ऑ. नौबाड़ा, तहसील द्वाराहाट,
जिला अल्मोड़ा, 263660 उत्तराखण्ड
मो. 9654406223
ईमेल :- mohanrautela1@gmail.com

अनुक्रम

1.
संस्कार

चाय के खुंचे पर बैठकर फसक (गप्प) मारने और सुनने का आनंद ही कुछ और होता है। कुछ लोग अखबार में बिना तारीख देखे ही, पुराना ही सही, मगर फिर भी अपनी गर्दन गड़ाए हुए ही फसक का आनंद लेते हैं। मुँह में दबाये पान-गुटखे और बीड़ी-सिगरेट के उड़ते धुएँ की बास और .....उबलती चाय से उठने वाली अदरक, इलाइची की खुशबू के साथ, फसकबाजों (गपोड़ी) की फसकों का तड़का, एक अलग ही रंगत और रोमाँच से भरा हुआ होता है।

उस दिन मैं भी गाँव के बाजार में, फसक(गप्प) और चहल-पहल के लिए मशहूर चाय की दुकान पर ही खड़ा था। दो-तीन लोगों ने अख़बार के दो-तीन हिस्से कर अपनी गर्दन उसी में डुबो रखी थी। चार लोग जो कि अंडे की ट्रे की गद्दियों पर बैठे थे और बीच में पत्तों के लिए गत्ता बिछा रखा था, ताश के मजे ले रहे थे। कुछ लोग उन्हें दर्शक बन घेरे हुए थे। बाकी जो लोग दायें-बायें बल्लियों की बेंचों पर बैठे थे, ईरान-तुरान(यहाँ-वहाँ) की लगाकर फसकों(गप्पों) में मस्त थे। ये एक मान्यता प्राप्त उमर को पार कर चुके लोगों का ही जमावड़ा था। इसमें सरकारी नौकरी से सेवानिवृत अनुभवी सज्जन ही ज्यादा थे। कम उम्र के लोगों की भागीदारी को आवारगी ही माने जाने के नियम को बरकरार रखा गया था।

तभी इसी बीच एक भूतपूर्व शिक्षक महोदय, नर दा (नारायण सिंह) आये और चाय की दुकान के मालिक राम दा (रामसिंह) से बोले .....ओ राम दा..... दो तानसेन देना तो मेरे को। तभी उन्हीं के हम उम्र एक ने उनसे पूछ लिया .....के बात हो मासाप.....आपने फिर कब से शुरू कर दिया हो...बुड़िनकाव (बुढ़ापे में) ? मासाप पहले तो, हैं...हैं कर हँसने लगे फिर अपनी इस बुरी आदत का जिकर आ जाने से खिसयाये हुए से जोर लगाकर मुस्कराते हुए अपनी सफाई में बोलने लगे ..... के (क्या) करूँ हो अब.....खाली जो हो गये ठहरे तो पुरानी आदत फिर से जाग गई ठैरी। जब लौंडई(जवानी) उमर थी तो नासमझी में सीख गये। बुरी आदत को लेकर मासाप का जवाब लम्बा ही होता चला गया।.....लोग मासाप-मासाप बोलकर हाथ जोड़ देने वाले हुए...हैं...किसी की

नजर पड़ गई तो शरम जैसी भी लगने ही वाली हुई, खासकर आज के बच्चों से। इसके बाद मासाप जरा गंभीर होकर बोलने लगे .....अब आजकल के बच्चे तो भौत ही जागरूक हो गये ठैरे .....थोड़े दिन पहले ही...ब्वारी (बहू) की नजर पड़ गई...बोलने लगी .....पापा आप ये क्या खा रहे हैं? पता तो उसे भी सब कुछ हुआ ही। फिर भी .....क्या होता है इसे खाने से? मुझे तो कुछ कहना ही नहीं आया। आजकल के पढ़े-लिखे बच्चे हुए...हैं। बात भी ठीक ही ठैरी। कुछ होने वाला जो क्या हुआ...हैं...बस अपना मन ब्योमाना (बहलाना) ठैरा...हैं। मासाप हैं-हैं कर हँस दिए, उनके साथ दो-चार और लोग भी हैं-हैं कर हँस दिए। तानसेन की पुड़िया जेब में रख मासाप चले गये।

मासाप के जाते ही उनसे भी उमरदराज एक महाशय बोल पड़े.....खाली... पढ़े-लिखे हैं। चेहरे पर बड़ी ही अक्ल की बात कहे जाने की गंभीरता को लाते हुए आगे बोले .....भौत (बहुत) ही सीधे ठहरे हो मासाप भी। मैं तो उस दिन हैप खेंच (आश्चर्यचकित) गया हो....ऐ..बापा हो...परसों गया था किसी काम से इनकी बाखली (मोहल्ला)...नहीं बोलता तो नहीं बुलाया (बोला) कहते...मासाप ने भी मेरी आवाज सुनते ही...आओ चचा बैठो-बैठो बोल दिया...मेरे को क्या पता भात खाने बैठे हैं...संगाड़ (चौखट) पकड़ कर अन्दर देखा तो सब चाख (ऊपरी मंजिल का बाहरी खंड) में भात खाने बैठे ठैरे...सब तो नीचे दरी में बैठे ठैरे और इनकी ब्वारी(बहू)...अहा ज्या माजेत (अफ़सोस)...कुर्सी लगा के टेबुल में खा रही ठैरी ...और इनकी घरवाली घुन(घुटने) टेक के...ओगीके (घुटनों के बल उचककर)...ब्वारी(बहू) के थकुल (थाली) में झोई (कड़ी) धर रही ठैरी। क्याप (अजीब) जैसा लगा हो देख के...छाजने (जांचने) वाली बात जो क्या हुई...खालि...पढ़े-लिखे हैं पढ़े-लिखे हैं। ऐसे बेछाज (न जँचने वाली).....कहाँ चली जाती है पढ़ाई-लिखाई?

मैं सारी बात सुनता रहा। अब मेरी भी आदत खराब ही ठैरी। हर बात को लेकर ज्यादा ही सोचने वाला हुआ। मैं शिक्षित, अल्प शिक्षित और अशिक्षित, जिस गाँव समाज को, जिन लोगों को, मैं जानता हूँ, उनके बीच संस्कारों के अनुपात का विश्लेषण करने लगा। तार्किक और सही उत्तर तो मैं खुद को भी नहीं दे पाया। मगर इतना जरूर कह सकता हूँ कि संस्कारों का ह्रास तो जरूर हो ही रहा है।

＊＊＊＊＊

2.
जिबुली माँ

मोहन दा की दुकान से मैंने दो बंडल "कुमाऊँ" बीड़ी के लिए लेकिन माचिस नहीं ली। क्योंकि माचिस चलने में जेब में बजने वाली हुई। बीड़ी के बंडलों को जेब में रखकर मैं तलबाखई (नीचे के मोहल्ले) को चल दिया। तलबाखई (नीचे का मोहल्ला) ... हमारा पुराना घर। मैं तलबाखईक (नीचे के मोहल्ले वाला)......मुझसे जुड़ी है मेरी ये पहचान। जब भी गाँव में मुझसे कोई भी कहता.... मैं कौन? तो मैं यही कहता हूँ। भले ही हमने अब नया घर बना लिया है। सड़क के पास। मलबाखई (ऊपरी मोहल्ला) से भी ऊपर। मगर अभी भी पहचान वही है तलबाखईक (नीचे के मोहल्ले वाला)।

पुराने घर के पास ही पहुँचने वाला था कि कान्तुली आमा (दादी) मिल गई। जो एक तरफ कमर पर अपने नाती को बिठाये और एक हाथ में स्टील की बाल्टी लिए जा रही थी। शायद वो किसी के घर छाँ (छांज) लेने या फिर बाल्टी लौटाने ही जा रही थी। मैंने अपना अनुमान लगाया। मैंने उन्हें पैलाग (पैलागुन) की। उनकी खबर पूछी। उन्होंने भी जियुजा (शुभ आशीष) कहा। कैसा हूँ? कब आया? सब ठीक तो है? पूछा और फिर हम दोनों ही एकदूसरे की विपरीत दिशा में चले गये।

अपने पुराने घर के आँगन की दिवाल (दीवार) पर खड़ा होकर घर को देखता रहा। आँगन में पत्थरों की दरारों के बीच घास उग आयी थी। लिपाई की गोबर-मिट्टी की परतें उखड़ चुकी थी। ताले लगे दरवाजों से पेंट की परतें छुट रही थी। आँगन की दिवाल(दीवार) में, जो बैठकर पीठ टिकाने के लिए पत्थर खड़ा किया गया था, उस पर भी हरे रंग की परत चढ़ चुकी थी। ये सब देखकर एक उदास सी सोच मन में छाने लगी।

आँगन की दिवाल (दीवार) पर घूम ही रहा था कि मेरी नजर जिबुली माँ के घर पर पड़ी। दरवाजा खुला था। और मैं उनके घर जाऊँगा सोचकर ही तो दो बीड़ी के बण्डल लाया था। जिबुली माँ के लिए। जिबुली उनकी सबसे बड़ी बेटी का नाम था। उसी के नाम से उनको जिबुली माँ संबोधित करने की बात मेरी

पैदाइस से पहले से चली आ रही है। अब उनकी यही पहचान है।

स्कूली दिनों से ही, जब मैंने बीड़ी पीने की बुरी आदत की शुरूआत की थी, जिबुली माँ का घर ही था जहाँ बीड़ी पीने जाता था। तब इसी पुराने घर में रहते थे। वैसे एक और भी अड्डा था ..... बगल वाला घर .... मनी बुबु (दादा) ....जब तक मनी बुबु (दादा) थे, तब तक तो जाता रहता था। कान्तुली आमा (दादी) को भी पता था कि मैं यहाँ क्यों आता हूँ। गालियाँ जरूर देती ..... कच्चयै दिड़ हर्छी (सिर फोड़ देना था, जैसा ही)...... मगर कभी मेरे ईजा-बौज्यु (माता-पिता) से मेरी शिकायत नहीं की। बुबु (दादा) सिगरेट पीते थे। पैनामा। आमा(दादी) बीड़ी पीती थी। और मैं कुछ भी। मगर अब कम जाता हूँ। उनके घर में छोटे बच्चे जो हैं। और बुबु (दादा) भी अब रहे नहीं।

आँगन की दिवाल (दीवार) से ग्वहैंट (रास्ता) में उतरा और अपने घर की कौख्याड़ (घर के पीछे की तरफ) की तरफ के रास्ते से जिबुली माँ के घर की तरफ चल दिया। वे अकेली रहती थी। उनके बच्चे अपने बच्चों को लेकर बाहर रहते थे। वे उम्रदराज थी। मेरी उम्र और उनके नाती की उम्र में बहुत ज्यादा अंतर नहीं है। मगर रिश्ते से मुझे जब उन्हें भौजी कहना पड़ता तो मैं खुद ही शर्म से घिर जाता था। और वे थी कि रिश्ते को मान देती। नजर पड़ते ही जब घ्योरा (देवर जी) कहते हुए कमर बाँधी धोती का ठोह सिर पर रखती तो मैं और भी जमीन में गड़ सा जाता।

जब मैं उनके घर पहुँचा वे अपनी देहरी पर बैठी बीड़ी पी रही थी। पैलाग (पैलागुन) कहने के बाद मैं उनके ही बगल में बैठ गया। उन्होंने मेरी खबर पूछी और मैंने भी उनकी खबर जानी। दो तीन महीने पहले मैं उनसे मिला था, तब वे कुछ ठीक ठाक लगी थी। मगर इस बार बहुत ही कमजोर और बीमार लग रही थी।

मैंने जेब से बीड़ी के बण्डल निकाले और उनसे माचिस माँगी। वैसे मैंने बीड़ी सिगरेट पीना कम कर दिया था फिर भी उनके पास बैठकर बीड़ी पीने में कुछ अलग ही स्वाद आता था। बण्डल खोलकर मैंने एक बीड़ी निकाली और सुलगा ली। बाकी उन्हें दे दी। किहीं ल्याछा घ्योरा .... बीड़ी छी मिहीं...(बीड़ी लाने की जरूरत क्या थी ... हैं मेरे पास) तुम आ जाते हो भेंट करने, यही बहुत बड़ी बात है। आप ये भी समझ सकते हैं कि उनको मान सम्मान देने का मेरा एक तरीका ये भी था। वे हमेशा यही कहती और मैं जब भी जाता हमेशा लेकर

  सहन की पराकाष्ठा

जाता। वे मुझे आशीषने लगी।

जब मैंने उनके बच्चों के बारे में पूछा तो कहने लगी .... मोबैल रखा है रोज ही करते हैं फ़ोन। फोन पर खबर पूछ लेते हैं यही भौत (काफी) है .... द .... और क्या करना है। देख देना तो जरा चार्ज है या बीत गया। कहते हुए उठी और बिस्तर के सिरहाने रखा फोन लाकर मेरे हाथ में दे दिया। देखकर मैंने भी ..... चार्ज है कह दिया।

उँगलियों के बीच फँसी, बुझ चुकी बीड़ी, मैंने दुबारा जलाई। आखिर तक पूरी बीड़ी पीकर मैंने बाहर आँगन की तरफ उछाल दी।

जेब से फोन निकाल कर समय देखा और जाने के लिए उठ खड़ा हुआ। भौजी पैलाग कहकर मैं निकल आया।

फोन मेरे हाथ पर ही था। उसमें व्हटसैप के बहुत सारे मैसेज आ रहे थे। उनके आँगन से बाहर निकल, मैं चलते-चलते मैसेज देखने लगा। व्हटसैप में गाँव के भ्रात संगठन ग्रूप में बेहिसाब मैसेज थे। और उसमें भी सबसे ज्यादा जिबुली माँ के नाती के। वो भी माँ की महिमा के गुणगान को लेकर। जिबुली माँ जिससे मिलकर आ रहा था और जो मैसेज उनका नाती कर रहा था, दोनों ही बातें मुझे झकझोर रही थी। मगर किस तरफ? मुझे कुछ समझ नहीं आ रहा था। मैं रुक गया। एक मन हुआ कि वापस जाऊँ और जिबुली माँ के साथ सेल्फी लेकर व्हटसैप पर उसके नाती को पोस्ट कर दूँ। और लिख दूँ ..... तेरी आम् भलि हैरै (तेरी आमा ठीक-ठाक है)। फिर एक मन ने कहा ..... नहीं ये अच्छी बात नहीं, सब अपनी मर्जी के मालिक हैं। मेरा मन जैसे ..... सुन्न सा हो गया। कुछ-कुछ गुस्से जैसा भी था ..... शायद।

घर पहुँच कर भी मेरे दिमाग से पुराने घर और पुरानी देह का चिल हट नहीं रहा था।

क्या सही था क्या गलत। मुझे न तब समझ आया और न पूरी तरह से आज भी।

अब वे नहीं रही।

उस दिन की भेंट आखिरी भेंट थी।

काश.... उस दिन सेल्फी ले ली होती .... तो आज .....।

छिपकर बीड़ी पीने का मेरा एक अड्डा हमेशा-हमेशा के लिए बंद हो गया।

* * * * *

3.
बेभुत

मेरे पास करने को काम तो बहुत थे। मगर मैं अलसाया हुआ तय नहीं कर पा रहा था कि किस काम से शुरूआत की जाये। क्या करूँ - क्या करूँ जैसी हालत थी मेरी। उस पर ऊपर से ऐसी स्थिति में बीड़ी पीने की तलब भी जोर मार रही थी। ये बुरी आदत भी है मुझ में। यदि आप भी इस बुरी आदत की गिरफ्त में हैं तो आप मेरी बात को समझ सकते हैं कि जब इस बुरी आदत का ध्यान आता है तो आदमी खुद को कितना लाचार, और बेचैन महसूस करता है। जेब में रख नहीं सकता ....छोटे बच्चे .... कभी भी तलाशी हो जाती। छुपा कर रख भी लिए तो घर में पी नहीं सकता ..... ईजा-बौज्यु घर पर ही रहते हैं। इधर-उधर छिप कर पी भी ली तो ..... घरवाली ने अगर बास चिताई ..... फिर तो खैर नहीं। ये तो मैं आपको खुद की खुद ही अपने गले में बाँधी हुई बुराई की बेबसी बता रहा हूँ। खैर ये सब छोड़ो ... मुद्दे पर आते हैं ..... कहानी पर आते हैं। बीड़ी की तलब मुझे घर से दुकान की तरफ जाने के बहाने खोजने को मजबूर कर रही थी। स्याव (लोमड़ी) के भाग से सींग टूटे ..... । ईजा, बाज्यु से कह रही थी ..... गेहूँ भी रखने थे चक्की में। ये बात मेरे कानों में पड़ गई। ईजा ने मुझे मना भी किया ..... तू रहने दे ..... ब्वारि (बहू) ब्याखुली बेर (दोपहर बाद) रख आयेगी। पर मैं कहाँ मानने वाला था। रखा थैला काँधे पर .... चल दिया।

वहीं चक्की पर शिबी (शिब सिंह) से भेट हो गई। वो और मैं लगभग हमउम्र होने से आदर का तो सवाल ही नहीं उठता कि रिश्ते में कौन किसका क्या लगता है। नाम से ही पुकारते एक दूसरे को। मैं दो दिन पहले ही घर पहुँचा था लेकिन शिबी से मुलाकात अभी हो रही थी। तो हम दोनों ने एक-दूसरे की कुशल मंगल पूछी। मैं भी खुश हुआ ..... चलो एक सांथी मिल गया।

जब तक गेहूँ पिसते हम दोनों जित दा (जीत सिंह) की चाय की दुकान में घुस गये। ग्यारा-साढ़े ग्यारा की बात होगी। उनकी दुकान में और कोई था नहीं। मैंने जित दा से दो बत्ती कैप्सटन की ली। एक-एक बत्ती दोनों ने सुलगा ली। बैंच पर बैठे-बैठे गपसप चलती रही। थोड़ी देर के बाद बातों-बातों में ही

शिबिया शुरू हो गया ..... तुम तो दिल्ली वाले ठहरे .... कुछ हो जाये। उसके कुछ हो जाये का मतलब मैं बहुत अच्छी तरह समझता था फिर भी अनजान सा बना रहा। उसने वही बात चार-पाँच बार दोहरा दी। मैं टालता रहा। फिर तो वो पीछे ही पड़ गया ..... ज्यादा थोड़ी , एक ही क्वाटर लेंगे ..... आधा-आधा हो जायेगा .... चुपचाप लगा लेंगे। मैंने साफ़ मना कर दिया ..... मैंने पीना-पाना छोड़ दिया। पहले तो उसे यकीन नहीं हुआ। जब उसे यकीन करना पड़ा तो वो पूरे क्वाटर से आधे क्वाटर में आ गया। सामने से ही तो लाना है .... यहीं पर लगा लूँगा .... पिछत्तर दे बस ... आधे में हो जाता है मेरा। उसने ऐसे घेर लिया कि पीछा छुड़ाने के लिए मुझे देने ही पड़े।

वो अपनी व्यवस्था में लग गया और मैंने एक और सिगरेट सुलगा ली। हँसी तो तब आयी जब मैं नमकीन की पुड़िया के पाँच रूपये जित दा को देने लगा तो उसने बड़े ही सम्मानित तरीके से कहा .... कैसी बात कर रहा यार, नमकीन के पैंसे मैं अपने आप दूँगा।

वो अपनी तलब बुझाकर अपने घर की तरफ चल दिया और मैं अपनी तलब बुझाकर चक्की की तरफ। मैंने तो उससे ये तक नहीं पूछा कि वो दुकान में आया किस काम से था। मैं चक्की के बरामदे में लगी बल्ली की बैंच पर बैठा गया। मेरे दिमाग में जितना उसके बारे में खयाल आता में उतना ही उलझ जाता। उसकी पीने की लत बुरी है ... सही बात। किसी के पीछे पड़ जाना .... गलत बात। मगर मेरे पीछे तो वो बड़े ही अधिकार से पड़ा था। क्या सचमुच उसमें मेरे प्रति अपनेपन का भाव है? इस बात का मेरे पास कोई जवाब नहीं था। इस बात को लेकर मैं खुद ही अनिर्णय की स्थिति में था।

यूँ ही बैठे-बैठे मुझे एक पुराना वाक्या याद आ गया।

स्कूली दिनों की बात थी। नौ-दस में पढ़ता होऊँगा .....शायद। बचपन की जवानी ..... उम्र यही थी। राजकीय इंटर कालेज में होने का मतलब ..... स्कूल से गायब रहना। कमीज के छाती के एकाध बटनों को खुला रखना। बाँह कमसकम दो बार मोड़ कर ऊपर चढ़ाये रखना। बीड़ी के धुँयें के छल्ले उड़ाने की कोशिश करना। सीप (ताश का एक खेल) खेलना। हमारी शरारतों में हमने इन सबको भी शामिल कर लिया था। मगर ये कोई आजादी नहीं थी कि कुछ भी कर लो।

पूरे इलाके में बाप-दादा तक को .... सब एक-दूसरे को जानते थे। कोई भी सयाना आदमी जरा सा रास्ते से बेरास्ते देखते ही धमका सकता था। ज्यादा ही मन हुआ तो एकाध लगा भी सकता था। तब आज की तरह नहीं था। मासाप ने अगर शिकायत घर तक पहुँचा दी तो समझ लो अगले दिन बौज्यु सिसौंण (बिच्छु घास) का ढांक हाथ में लेकर स्कूल पहुँचाते थे। मगर आजकल इसका बिल्कुल ही उल्टा हो गया है। बच्चे घर आकर माँ बाप से टीचर की शिकायत करते हैं। और अगले दिन माँ बाप स्कूल जाकर टीचरों को धमकाते हैं। माफ़ कीजिएगा मैं फिर भटक गया ... अपनेपन की बात को लेकर। चाहें तो विचार आप भी कर सकते हैं।

हाँ याद कुछ इस तरह है ..... मौका होली का था। होली का आखिरी दिन। पुरुषों की होली को नाँगर-दमु, नस्यांणौं (बाजे और झंडे) के साथ शिवालय घाट पर जाना था। नहाने। उस दिन सुबह से ही सब पी के धुत्त थे। कितनी-कितनी थैलियां चूस चुके थे लोग। उन दिनों थैलियाँ ही चलती थी। पॉउच। नशे में डूबे कई लोग तो हमहीं को दुकान में बारबार भेजकर मंगाने लगे। हमें भी शरारत सुझी। उनके नशे का फायदा हमने भी उठाया। बचे हुऐ पैसों से दो-चार पॉउच हमने भी दाब लिए। स्वाद लेने का पूरा जुगाड़ बिठाया था। मगर मौका नहीं मिल पा रहा था। जब सब लोग शिवालय घाट पर नहा रहे थे तब हमारी टोली गधेरे-गधेरे (बहते पानी के सांथ-सांथ) नहाने के लिए दूर चली गई। खूब नहाया भी और वो पॉउच भी चूस डाले। स्वाद के नाम पर बस गले और छाती में जलन महसूस हुई थी। जब तक हम शिवालय घाट पर लौटकर आते, सभी जा चुके थे। हमारी ही टोली सबसे पीछे रह गई थी। शिवालय घाट से घर की तरफ चढ़ाई ही चढ़ाई। आधे रास्ते ही पहुँचे थे की असर होने लगा। पाँव ठीक से रास्ते नहीं पड़ रहे थे। और सबसे बुरी हालत शिबीया की थी। सभी ने रास्ते में नींबू अमरूद के खूब पत्ते चबाये ताकि मुँह से बास ना आये। डगमगा भी रहे थे और डर भी रहे थे। पहले शिबीया को सबने उसके घर छोड़ा फिर सब अपने-अपने घर चले गये। मगर पकड़े जाने का डर सबके अंदर बैठा था।

अगले दिन सारे गाँव में खबर फ़ैल गई। कल शिवालय जहाँ शमशान भी है, से शिबीया को दहौंक (ऊपरी हवा) लग गया था। शाम को जब पड़ोस के रामदा (राम सिंह) ने बेभुत (बभूती) लगाया तब जाकर ठीक हुआ। हमारी टोली के

लड़कों पर जिसकी भी नजर पड़ती वही पूछ लेता ..... तू भी सांथ में था कल ? पूछने का अंदाज धमकाने वाला ही होता । सही बात ये थी कि दिन में तो राम दा भी पी के फुल ही थे । बेभुत कैसे लगाते । शाम को शिबीया की उतरने लगी थी और राम दा की भी । और बेभुत ने तो अपनी करामात दिखानी ही थी ।

मैं बैठा-बैठा अपने में खो सा गया था । तभी ध्यान आया तो देखा कि चक्की की आवाज तो आना बंद हो गई । बिजली चली गई थी । कितनी देर में आयेगी राम जाने । मैं बिजली के चले जाने से भी खुश हुआ कि शाम को दुकान की तरफ आने का बहाना मिल गया ।मगर डर ये था कि शाम को तो कितने ही शिबीया पीछे पड़ने वाले मिलेंगे । अपने को हिम्मत बँधाई ..... देखि जायेगी । आखिर सवाल मेरी तलब का भी तो था ।

वापस घर को जाते समय, रास्ते में दुकान के आगे बैठे राम दा दिख गये । वे पनामा सिगरेट की बत्ती को हथेली पर खाली कर रहे थे । मैंने उनसे हाथ जोड़े । उन्होंने भी जवाब दिया । एक-दूसरे की खैर-खबर पूछने के बाद मैं आगे अपने घर की तरफ चल दिया । मैं खुद-ब-खुद हँसे जा रहा था । और एक ही बात सोच रहा था । काश सचमुच ऐसा करामाती बेभुत (बभुती) होता जो कि नशे की तलब को हमेशा के लिए मिटा देता ।

* * * * *

4.
छप्पुकांन

सच्ची बताऊँ तो मेरी भी डिमागी (दिमागी) हालत कुछ ऐसी हो गई ठैरी कि जैसे किसी ने पुछौ्ड़ च्याप रखा हो (पूँछ दबा रखी हो)। ऐसा हाल हो गया ठैरा लॉकडाउन के गोल्याये (घर में बंद) दिनों में की पूछो मत।

शहरों में करोना बीमारी ने अपना विस्तार फैलाया तो पलायन नाम की समस्या की नदी में बहते हुए आये मुझ जैसे वर्तमान समय के खानाबदोश जीवन शैली के नये संस्करण में जीने वालों को फिर से पलायन नाम की इस नदी ने तैरने के नाम पर अपने हाथ-पाँव दायें-बायें फेंकने तक का मौका नहीं दिया। एक ही छल्लैक (लहर) में वार से पार (इस किनारे से उस किनारे) पहले ही सटकाये (फैंके) हुवों को दुबारा पार से वार (उस किनारे से इस किनारे) सटका (फैंक) दिया। पलायन गंगा उलटी बहने लगी थी। इस पलायन नदी में ऐसे भँवर भी पड़ रहे थे जिसमें आजीविका और रोजमर्रा की जरूरतों को पूरा न कर पाने से लोग एक ही समय में चौतरफा दौड़ लगा दे रहे ठहरे। कतई दिशाहीन होकर। शहर खाली और गाँव भरने लगे थे। शहरों से गाँव की तरफ के पलायन से सबसे अच्छी बात ये हुई कि सभी को अपना सांचघर (सच्चा घर) याद तो आया। भूलों को और भुलाने की जुगत में लगे लोगों को अपना मूल याद तो आया। पुश्तैनी जमीन थान-मकान, (मंदिर-मकान) खेत-खलिहान, जिनको बनाने में आज की नौकरी पसंद पीढ़ी ने कोई लागत नहीं लगाई ठैरी, और वैसे ये भी सच ही है कि बज्याने (बंजर हो जाने) में भी कहाँ कोई लागत लगाई ठैरी, की याद तो आयी।

बुजुर्गों ने हो, चाहे किताबों ने, सबने अपने देखे समय को हमें इतिहास की तर्ज पर ही सुनाया-पढ़ाया ठैरा। कोई गुलामी के कालखण्ड के बारे में सुनाने वाला हुआ तो कोई युद्ध काल और आपातकाल के बखत को बताने वाला हुआ। सब राजी खुशी रहे, तो आने वाले दिनों में हम भी घर भितेर गोल्याये (घर के अन्दर बंद) दिनों का अपना अनुभव आपस में साझा करेंगे। तब गोल्याये(घर में बन्द) दिनों की बात करना हमारे लिए इतिहास की बात करना जैसा होगा। इस बात की कल्पना मैंने गोल्याये(घर में बन्द) जाने के शुरूआती दिनों में ही कर ली

सहन की पराकाष्ठा

थी। अपने आप में मेरे लिए ये बात मेरी दूरदर्शिता ही हुई। भौत (बहुत) बाँध दी भूमिका अब मुद्दे पर आते हैं। कहानी पर आते हैं। जो कि मेरे एक जानकार बन्धु की आप बीती है।

★ ★ ★ ★ ★

दस-पन्द्रह दिन तक तो अच्छा ही लगा। घर के अन्दर ही रहना। बच्चों के साथ खेलना। बिस्तर पर पसरे रहना। मगर जैसे-जैसे दिन ज्यादा बढ़ते गये, समाचारों की देश-दुनिया के बेहाल होने की खबरें ही दिमाग पर छाने लगी। दिन भर इधर-उधर, जान-पहचान, रिश्तेदारों के फोन ज्यादा ही बजने लगे। दिल्ली से निकलकर गाँव पहुँचने वालों के बारे में भी जानकारी मिलने लगी थी। गाँवों में क्वॉरंटीन की ब्यवस्था के बारे में भी जानकारी मिलने लगी थी। ईजा (माँ) से फोन पर बातें तो रोज ही होती थी लेकिन अब तो दिन में कई कई बार होने लगी थी। जब मेरे गाँव में भी लोगों का पहुँचना शुरू हुआ तो मेरी ईजा (माँ) भी इसी बात पर जोर देने लगी थी कि बस जैसे भी हो बच्चों को लेकर घर पहुँच.....ऐसे झूंस (जौ,धान के दाने के बाल के बराबर) जैसे ठैरे बच्चे, नौकरी हुई नहीं, खुलने का पता हुआ नहीं, क्या करेगा वहाँ.....घर आ जा.....गोठ के खन (भूतल का खण्ड) रह जाओगे .....थ्वाड़ (थोड़े) दिनों की ही तो बात ठैरी।

मैं तो रहने वाली हूँ नहीं घर में, तब भी अपने मैत (माइके) चली जाऊँगी, की धमकी देकर, ईजा से झगड़ कर, अपनी जिद में अड़ कर, मेरी नाक में दम करके, दिल्ली आकर रहने वाली मेरी घरवाली भी समय को देखते हुए तब नरम जैसी पड़ थी और राजी-राजी गाँव जाने को तैयार हो गई थी।

क्वॉरंटीन पूरा करके जब गाँव का हाल देखा तो गाँव में बड़ी भीड़-भाड़ थी। चहल-पहल थी। शहरों से आये हुए सभी अपने बांज-भुकौड़ (बंजर पड़े खेत) फिर से खनने (खोदने) लगे थे। मैंने भी अपने बंजर पड़े खेत खोद डाले। अपना ही कुछ काम करने की बात हर किसी की जुबान पर थी। मैं भी जोश में था, अपना ही कुछ करने के विचार को लेकर। और इस बात को लेकर खुश भी था कि चलो शहरी जीवन से छुटकारा मिल गया।

ईजा (माँ) से जितना हो सकता था उससे भी ज्यादा ही कर रखा ठैरा उसने। अकेली ही रहने वाली हुई गाँव में। बौज्यु (पिता) काफी साल पहले ही

गुजर गये ठहरे। फिर भी ईजा (माँ) ने थोड़ी बहुत खेती-पाती, एक भैंस, अपने व्योम (मन बहलाना) लगने के लिए, आबाद कर ही रखे ठैरे। मैंने भी घर पर ही जमने के विचार से दो भैंसें और खरीद ली। तीनों ही दूध देती थी। बाजार में दूध बेचने से आमदनी का एक रस्ता भी खुल गया ठैरा।

असोज (अश्विन माह) लगते ही चौमासे की खेती के काम ने जोर पकड़ा तो हम दोनों, मैं और मेरी घरवाली, जुट गये असोज(अश्विन माह) समेटने में। बच्चे आमा(दादी) के साथ रहते। गाँव के आजाद माहौल से खुश भी थे। एक दिन घास काटने में मेरे बायें हाथ के अँगूठे में कुछ चुभ गया। क्या चुभा पता ही नहीं चला। घरवाली ने आलपिन से उस जगह को कई बार कुरेदा भी मगर कुछ निकला नहीं। न तो काँटा दिखा और न निकला। बस अँगूठा झसकने (दुखने) वाला हुआ। जबकि मैं सब काम भी कर रहा ठैरा। सूजन भी नहीं ही आई ठैरी। घरवाली और ईजा (माँ), दोनों ने एक ही बात कही, छ्प्पूकांन (अदृश्य काँटा) चुभने पर तो ऐसा ही झसकने(दुखने) वाला हुआ। वही होगा।

दीवाली नजदीक आते-आते गाँव में जो लोग शहरों से आकर जुटे थे, कम होने लगे। धीरे-धीरे अपनी नौकरी पर लौटने लगे। मैं तो घर पर ही रहने का मन बना चुका था। दीवाली के बाद जब खेती का काम भी ज्यादा नहीं होता तो मैं दो-चार बकरियाँ भी पालने की सोच रहा ठैरा। इस बात पर ईजा (माँ) ने तो कुछ नहीं कहा पर घरवाली खुश नहीं थी। करीब-करीब सब सामान्य ही चल रहा था। बच्चों का स्कूल बिगड़ गया, ऐसी भी कोई बात नहीं थी। तीसरी और पहली में, गली के स्कूल में ही जाने वाले हुए दिल्ली में। स्कूल गाँव में भी ठैरा ही। कोई समस्या जो क्या ठैरी।

दीवाली से कुछ दिन पहले की बात है, दोपहर में हम सब लोग भात खा रहे थे तभी मेरे ऑफिस से फ़ोन आया कि दीवाली से ऑफिस खुल जायेगा यदि आप दिल्ली से बाहर अपने होम टाउन में हैं तो आप आराम से अपने परिवार के साथ दीवाली मनाकर, दीवाली के बाद ऑफिस जॉइन कर सकते हैं। मैंने हाँ या ना में कोई भी जवाब देने के बजाय, जी ठीक है का जवाब दिया था। घर में सबको पता चल चुका था कि नौकरी से बुलावे का फोन था। बाद में ईजा (माँ) ने तो स्पष्ट कह दिया कि .... तू जो ठीक समझे। मगर घरवाली ने सीधे-सीधे ही बोलना शुरू कर दिया .....कब तक जाने का मिजाम बिठा रहे हो। दीवाली

सहन की पराकाष्ठा

के बाद देखते हैं .....बोलकर मैं बात को टाल देता। लेकिन दीवाली के बाद तो घरवाली ने दिन में ही कई-कई बार पूछना शुरू कर दिया। मैं किसी तरह का झगड़ा नहीं करना चाहता था, क्योंकि मैं तो उसे पहले भी कितनी ही बार बता चुका था कि अब मैं घर पर ही जमना चाहता हूँ। मगर वो तो अपनी ही लगाने वाली हुई .....नौकरी पर बुला जो रहे हैं तो जाते क्यों नहीं? तुम्हारे देखते-देखते चले नहीं गये क्या लोग? अपने बच्चों को लेकर। तुम्हें घर पर ही रहने की धुन क्या पड़ गई ठैरी? दिल्ली में रहकर कैसे व्यवस्था बिठाता था ये बात तो मेरी आत्मा ही जानने वाली हुई। घरवाली को समझा-समझा के मैं थक गया ठैरा। और वो हुई कि समझने को ही राजी नहीं ठैरी। पहले एक-दो दिन तो उसने मुझसे अकेले में ही कहा। जब मैंने उसकी बात को अनसुना सा कर दिया तो फिर उसने ईजा (माँ) को सुनाते हुए कहना शुरू कर दिया। इस पर ईजा (माँ) को भी बुरा लगता। वो भी बोल देती ..... जब सब ठीक-ठाक चल रहा था तो रखा नहीं उसने तुमको अपने साथ? अब क्या असज (दिक्कत) आ रही है? कारबार जोड़ दिया है ..... यहाँ कौन सा भूखे हो? यहाँ के नहीं पढ़ रहे बच्चे स्कूल?.... तुम्हारे बच्चे भी पढ़ लेंगे। इस पर घरवाली भी जवाब देने लगी थी .....भैंस, बकरी धर के हो जाएगा? जो अपने बच्चों को पढ़ाने ले जा रहे है सब पागल हैं? बस यही हैं एक अक्कल वाले। ऐसे ही जो दिन कट जाते तो लोग जाते ही क्यूँ? घरवाली की बात सुनकर ईजा (माँ) भी मुझसे ही जोर से बोलने लगती ......नौकरी से बुला जो रहे हैं तो जा ....तू भी जा ..... और लिजा (ले जा) अपने बच्चों को भी .....अपने आप मरूँगी मैं अकेले। मेरी तो, न घरवाली ही सुनने को राजी थी और न ईजा (माँ) ही। नाम का बैंक (पुरुष) हुआ मैं घर का। मुझे अपने आप पर ही तरश जैसा ही आने लगता। पुरुष होने वाली बात ध्यान आने से अभिमान चूर होता सा भी लगने वाला हुआ ही। घरवाली मेरे कहने पर भी चुप होने के बजाये और जोर से बोलने लगती .....अपने साथ मुझे भी जो क्या ले जाओ कह रही हूँ मैं। अपने-आप रहेंगे मैं और बच्चे घर पर ही ......ये तो जायें अपनी नौकरी पर। नौकरी छोड़ने की क्या ठान रखी ठैरी? पहले-पहल तो मैं खुद ही नहीं समझ पाया की किसकी सुनी जाये और किसकी नहीं। आखिर में मैं ही पिसने वाला हुआ। इस रोज-रोज के क्लाट (शोर) में। चिंगोरा-चिंगोर (नोक-झोंक) में। कभैं-कभैं (कभी-कभी) तो औरी (अति) बात कर देने वाले हुए दोनों। और

बच्चे मुख चहाने (देखने) वाले हुए। आखिर मैंने भी फैसला कर ही लिया। जो होगी देखी जायेगी। जब उखोउन (ओखली) मुनौ (सिर) घाल (डाल) ही दिया ठैरा तो फिर मूसोव (मूसल) से क्या डरना ठैरा। मैं इस तरह की बहस से बचने के लिए घर से जाने की, घर पर आने की, दायें-बायें रहने की, अपने लिए ऐसी व्यवस्था बिठाने लगा ताकि हम तीनों एक साथ इकट्ठा ही न हो और हो भी जायें तो ज्यादा देर के लिए न हो।

छप्पुकांन की विशेषता वाली बात उँगली दुखने से, याद आती रहती। अब मैं बहुत अच्छी तरह समझ गया था कि रोजगार के अभाव में लगा पलायन का दंश कितना बड़ा छप्पूकांन हुआ। जो कि निकलने वाला भी नहीं हुआ, दिखने वाला भी नहीं ठैरा। बस झसकता (दुखता) ही रहने वाला हुआ। और आगे भी न जाने कब तक झसकते(दुखते) ही रहने वाला है।

* * * * *

 सहन की पराकाष्ठा

5.
चिंडुँक

मन एक ठौर टिकने वाली चीज जो क्या ठहरी, फिर भी काबू में रखने की कोशिश हर कोई करने वाला ही ठहरा। बस जरा सा उरग्याने (भड़काने) वाली बात हुई, फिर देखो, हिकोई (सीने) में उठने वाले सोर में सोर (खयाल में खयाल) कैसे निचोड़ देते हैं। उठने वाले सोर भ्ल्यांत (भलाई) कितनी करते हैं, इसका अनुमान तो ठीक से कभी नहीं लगाया, हाँ, मगर पराणी (आत्मा) पर असज (परेशानी) जैसी तो जरूर ही दिखाने वाले हुए।

असोज (आश्विन माह) लगते ही खेती-बाड़ी के काम को लेकर पहाड़ी महिलाओं के व्यवहार में जो परिवर्तन होने वाला हुआ, वो तो कुछ-कुछ जै लगने (झपट पड़ने) वाला जैसा ही हो जाने वाला हुआ। पुरानी पीढ़ी जो खेती-बाड़ी को विरासत मानती है .....वो तो मौजूदा समय में भी, भले ही शरीर न चल पा रहा हो फिर भी मन से मुनौ (सिर) टेकने को तत्पर रहने वाली हुई .....मगर नई पीढ़ी .....जिन्हें दुकान बाजार की आदत लग गई ठहरी वो असज (परेशानी) चिताने वाली हुई।

हौंसा-हौंसी (उत्साह में) भी नहीं ठहरा और पिड़पिड़ैं (जबरदस्ती) भी नहीं ठहरा ....जो भी ठहरा, फिर भी हन्सी लगी ही ठहरी, मरे मन से ही सही, असोज बटोवने (समेटने) में। चौमासे की खेती हुई, असज (दिक्कत) तो आने ही वाली हुई। अकेले ही नान-छान (बच्चे भी-गाय, भैंस भी) सब ही जो देखना हुआ। असोज(अश्विन माह) के कामकाजी दिनों में हर बखत उसे सटबटाट (जल्दबाजी सी) जैसा ही पड़ा ठहरा। बूंदा-बाँदी शुरू होते ही घाम में सुखाये पकाये को समेरने (समेटने) की फिकर होती तो कभी कपाव (माथा) फोड़ने वाला बाधोवफुटी (बादलों को चीरकर निकलने वाला) घाम भी कम असज (आफत) नहीं दिखाता। हन्सी को सकर मारमार (ज्यादा ही जल्दी) थी तो ..... जल्दी-जल्दी पहले खेत खाली करने की। जबकि अभी उसने घास काटने के नाम पर हाथ भी नहीं लगाया ठहरा। मनु-झुंगर (अनाज) तो अब पहले जैसा होने वाला हुआ नहीं। कट्माव की खेती (पहाड़ी, सिचाई के आभाव वाली

खेती) हुई .....धान तो होने वाले हुए नहीं ......लोभ ठहरा तो भट-गहत (काला सोयाबीन-कुल्थी), कहाँड़-महाँड़ (दालों) का।

ब्याखुलीबेर (दोपहर बाद) अधपके गहतों (कुल्थी) का असक बञ्ज (उठाये जाने से अधिक भार वाला बोझ) लेकर तल्स्यार (नीचे की तरफ वाले खेत) से आती हन्सी को जब लगा कि वो इस असक (उठाये जाने से अधिक) गहतों (कुल्थी) के नीचे ज्यादा ही अमौरी (दबना) रही है तो उसने सड़क पर पहुँचते ही कल्मट की दीवार पर सिर का बोझ पटक दिया। लम्बी गहरी साँस भरते हुए, अपनी गर्दन को घुमा-घुमा कर चटकाने लगी। गर्दन के इस दर्द को लेकर वो खुद से ही बातें करने लगी ....अब आया मजा .....और कर एक ही घात (एक बार में ही) .....खेत में दुबारा आने का बबाल कौन करे है? .....हन्सी बैठी नहीं थी खड़ी ही थी। तभी उसकी नजर सड़क पर घुमाने निकली सिपावड़ी (फ़ौजी की घरवाली) दीदी, मास्ट्र्याँड़ी (मास्टर की घरवाली) ज्यू (सासू) और उनके साथ की तीन-चार और महिलाओं पर पड़ी जो खाली बैठ कर बढ़ रहे वजन को कम करने के लिए टहलने निकली ठहरी।

हन्सी की थकी हारी हालत देखकर, वे भी उसके पास आकर ठहर गई।

ओ ...हन्सी ...कितना रह गया असोज अभी।

हो ...दीदी ...अभी कहाँ दीदी ...अभी तो भट-गहत ही निकल रही हूँ ...घास पर हाथ नहीं लगाया ...जम्में (सारा का सारा) वैसे ही हुआ।

हैजाल्-हैजाल् (हो जायेगा-हो जायेगा) ...अकेली भी तो हुई तू ...दिरांड़ (देवरानी) भी नहीं आई तेरी ...चार दिन असोज में ही आ जाती ....।

हो दी (हाँ दीदी) ...हो ही जायेगा।

दिल्ली की हवा लग गई जिसे उसका मन कहाँ कर रहा है असोज का काम करने को। चार दिन आ जाती तो क्या हो जाता?

तुमने सक दिया (निबटा दिया) असोज?

जब करने के दिन थे तब किया ही। अब कतई बस की नहीं रही। सब वैसे ही छोड़छाड़ दिया वे हमने तो।

दी ...जरा हाथ लगा दो तो ...भारी हो गया आज।

दो-तीनों ने मिलकर गहत के बोझ पर हाथ लगाया और हन्सी के सिर पर

सहन की पराकाष्ठा

रख दिया।

ब्बा हो ...इतना भारी ...इतना मत लाया कर वे ...अपने आप रहेगा तब भी ...जितना होता है उतना ही कर ...तेरा भी बौली (खपनेवाला) गिरह (नसीब) ही ठहरा। सासू ठीक है तेरी? ...भौत दिनों से भेट ही नहीं हुई ...अभी घर का काम तो सब सम्भालती ही होगी? अब जरा तुम्हारा असोज थम जायेगा तो आयेंगे फिर किसी दिन बैठने।

हूँ ...हाँ ...में जवाब देती हुई हन्सी बोझ के कारण हल्के दबे क़दमों से घर की तरफ बढ़ने लगी और घुमने को निकली औरतें पिछवाड़ा मटकाते हुए उसके विपरीत दिशा में।

सड़क पर घूमने निकली औरतों का साज-सिंगार ...तरीके से सँवारे बाल, साड़ी का फंदा, पैरों में जूते-मौजे ...देखकर, असोज में पस्त ...बिखरे बाल, मैली धोती, खरोचों से फटे पड़े हाथ-पाँव ... हन्सी के मन को उरग्याने (भड़काने) के लिए काफी था। उनसे हुई बातें, जिसमें न ही कोई अपशब्द था और न ही कोई अभिमान ही दिखता था, लेकिन फिर भी हन्सी को बात चिढ़ाने वाली जैसी ही लगी। इस तरह घुमने को निकली औरतें कोई परदेशी तो थी नहीं। इसी गाँव की थी। और न ही ये औरतें इतनी उम्रदराज ही हैं कि इनसे कुछ किया ही न जा सके। थकी हारी हन्सी का मन अपने काम से भटकने लगा। वो अपने मन को इस तरह मथने लगी जिसका कोई भी परिणाम नहीं निकलना था। उसे अपनी दिराड़ी (देवरानी) पर गुस्सा आने लगा। और पति पर भी जो उसे अपने साथ दिल्ली में रखने की बजाय, गाँव से मोह रखता था। सास उसे आफत लग रही थी। बच्चे भी बोझ ही लग रहे थे। वो खुद को समझाते हुए इन सब विचारों से बाहर निकलने का भी प्रयास कर रही थी, लेकिन फिर भी उसका मन इसी तरफ ही दौड़ रहा था।

चौंथरे(आँगन) में सिर का बोझ पटक कर गहरी साँस ले ही रही थी कि तभी उसे अपनी सासू की आवाज सुनाई दी।

सुस्ता ले थोड़ी देर ... मैं चाय बना देती हूँ।

उसने सासू की बात सुनी, कहा कुछ नहीं। उसके मन में तो कुछ और ही उबल रहा था। उसने आव देखा न ताव भीतर गई, जब उसकी छोटी लड़की

उसके पास आने को हुई ... दूर ही रह, की जोर की झड़कताव (डाँट) झोड़ दी, पानी भरी गगरी को क्यारी में पलट दिया और धारे (स्रोत) को चल दी पानी लेने। सासू उसे देख भी रही थी और सुन भी। लोगों को परखने और सात दहाई के लम्बे जीवन के अनुभव से उसने अंदाजा तो लगा ही लिया था कि हन्सी की छाती में कौन सा खटका बैठ गया है। उसने भी चुप ही रहना उचित समझा। हन्सी का फनफनाता हुआ ये रूप वो पहले भी कई बार देख चुकी थी।

हन्सी गोठ के खन (दो मंजिला मकान का नीचे वाला हिस्सा) खाना बनाने लगी, बच्चे चाख (दो मंजिला मकान का ऊपर वाला बाहरी भाग) में किताब खोल के बैठ गये और सासू बच्चों के साथ ही बैठी रही। जब हन्सी के देवर का फोन आया तो ईजा (माँ) ने अपने छोटे बेटे से और बच्चों ने अपने चाचा से बात की, जब हन्सी से बात कराने के लिए सासू फोन लेकर गोठ (दो मंजिला मकान का नीचला हिस्सा) गई तो, हन्सी ने अभी खाना बना रही हूँ, बाद में करूँगी बोलकर सासू को टाल दिया। थोड़ी ही देर बाद हन्सी के पति का फोन आया। बच्चों से बात हुई, ईजा (माँ) से भी। जब ईजा ने बिना उसके किसी सवाल के जवाब में ... क्ये (किसी भी तरह की) फिकर मत करना, सब ठीक हो रहा है ...कहा तो उसका बेटा समझ गया कि हन्सी आज उसे जरूर ही कुछ न कुछ सुनाने वाली है। ये सब समझने, महसूस करने और एहसास करने वाली भाषा में बोला गया था। और ये बात हन्सी की सास ने हन्सी को सुनाते हुए, जोर-जोर से कही जब वो सीढ़ियाँ उतरकर गोठ, उसकी ही तरफ, उसे ही फोन देने जा रही थी।

रोज की तरह एक दूसरे की खबर-बात पूछने के बाद नन्दु ने यूँ ही बोल दिया ...और सुना फिर। इतना सुनते ही हन्सी अपने पर आ गई ...क्या सुनाऊँ ...यहाँ हालत खराब हो रही ठहरी ...और सुनाओ? आया कोई घर चार दिन मदद करने ...अकेले मेरा ही है क्या सब? ...भट भेज देना, गहत भेज देना, गढ़ेरी (अरबी) भेज देना...हैं, घी रख देना ...करने को कोई मत फरकना (आना)? जितना होता है करती हूँ बाकी अपने आप पड़ेगा बज्जर (बंजर)। अगले साल से तो कतई हाथ नहीं लगाऊँगी भैं (हाँ), धरो अब फोन ...रोटी जल गई मेरी ...बोलते हुए हन्सी ने फोन काट दिया।

नन्दु समझ गया कि चिड़ुँक (चिंगारी) लग चुका है। इस तरह की चिंगारी

कितना बड़ा रूप लेगी कौन जाने। ये चिंगारी परिवार की एकता पर खतरा है, सुकून पर खतरा है और साथ ही साथ पहाड़ से पलायन को बढ़ावा देने वाला ही है। पहाड़ के लोगों के रहन-सहन में आ रहे बदलाव से वो भी परिचित है। किस तरह कुछ सम्पन्न ...आराम पसंद और बाजार पसंद लोगों को देखकर सामान्य लोग भी उनकी देखा-देखी मेहनतकश जीवनशैली को छोड़ आराम तलब जीवनशैली को अपनाने की नकल करने के चक्कर में, कुछ पाने से ज्यादा गँवाने की ओर ही बढ़ रहे हैं।

हन्सी की बात पर उसे, उसके साथ कैसा व्यवहार करना चाहिए, उसे कुछ ठीक-ठीक समझ ही नहीं आया। उसे वो कहावत याद आ गई ...दाड़ीम आंफुड़ ख्वरन आफ़ि खड्यौर पाड़ूं (अपने लिए खुद खड्डा खोदना)। बातों को मथते-मथते आखिर नन्दु भी इसी बात पर आकर ठहर गया ...मन एक ठौर टिकने वाली चीज जो क्या ठहरी।

* * * * *

6.
सच हो गया तो

नींद भी आँखों को धोखा देने लगी है। रात में आँखें वक़्त बेवक़्त बार-बार खुलती हैं। जिन्दगी को एक अजीब सी घबराहट भरे दौर ने घेर लिया है। पहले तो ऐसा कभी नहीं हुआ। लेकिन अब तो काफी दिन हो चुके हैं जब से ये अजीब सा डर दिल में आकर बैठ गया है। डरावना एहसास ही सबसे भयानक डर होता है। कल्पनाओं से उपजाने वाला डर ही सबसे ज्यादा डराता है। जो सामने आकर डराने की कोशिश करे, उससे तो एक पल, लड़ने का विचार मन में आ भी जाये। मगर जो कल्पनाओं में छुपा बैठा है उससे खुद को अलग करना इतना आसन तो नहीं है।

कभी कुछ पाने की चाह में सफलता की ओर ले जाने वाले रास्तों का डर, कभी कुछ खोने का डर। जो घटना अभी तक घटी ही नहीं और घटने का कोई प्रत्यक्ष प्रमाण भी नहीं है कि घटित होगी ही। फिर भी विचार बार-बार उसी अनदेखे अनजाने भविष्य में चक्कर लगाने लगे हैं। जिस पल अपने ही विचारों को स्वप्र द्रष्टा की तरह देखता, उसका मन विचलित हो उठता। अब तो चेहरे पर भी स्वभाविकता की कमी खलने लगी है। हर बार बनावटी शुकून दर्शाना, बनावटी दुःख झलकाना, बनावटी आश्चर्य, बनावटी क्रोध, बनावटी हर्ष, सब कुछ बनावटी बनावटी ..... । इस बनावटी बनावट से पीछा छुडाएँ भी तो कैसे? स्वार्थ, लाभ-हानि, शुभ-अशुभ, मोह-माया का कैसा बंधन उसे घेरे हुए है? कभी-कभी ये सवाल भी उसे घेर लेते हैं।

* * * * *

सुबह के पाँच बजे है। कमरे में अँधेरा ही है मगर भोर की बेला का एहसास तो हो ही रहा है। अपने हिस्से की चादर भी महिपाल ने हाथ बढ़ाकर कविता के ऊपर सरका दी। कविता पाँवों को मोड़े, महिपाल की तरफ पीठ किये हुए, अभी नींद में ही है। महिपाल बैड पर ही पाँव लटकाए बैठ गया। अगले पाँच मिनट बैठा ही रहा। मगर उसकी बेचैनी ने उसे ज्यादा देर तक बैठने नहीं दिया। वो आजकल अजब सी बेचैनी से गुजर रहा है। उसने उठकर लाइट का स्विच ऑन

कर दिया। पास की छोटी सी टेबल पर रखी अपनी मोटे ग्लास की ऐनक उठा ली। आँखों पर चश्मा चढ़ाकर बैड के कोने पर बैड के सहारे से खड़ी अपनी छड़ी थाम ली क्योंकि अब उसे उठने के लिए छड़ी के सहारे की जरूरत है। बायें घुटने में सुबह के समय दर्द कुछ ज्यादा ही रहने लगा है।

पचास गज में बना दो कमरों का साधारण सा घर उसके लिए किसी महल से कम नहीं है। वैसे घर महल से कम है भी नहीं। पूरा घर दुधिया मार्बल की चादर ओढ़े हुए है। अन्दर वाला कमरा महिपाल और कविता का बेडरूम है। बाहर वाला बेटे आयुष का। दायीं तरफ गली से सटी दीवार के साथ रसोई है। दो कमरों के बीच थोड़ी सी खाली जगह बची है जिसमें घर का मैन गेट खुलता है। वहीं पर दो पलास्टिक की कुर्सियाँ लगी रहती है। लोहे का मैन गेट जालीदार है। जिससे सुबह की ताज़ी हवा पुरे घर में प्रवेश करती है। मगर एक समस्या भी है जब भी कोई मोटरसाइकिल या कार उसके घर के आगे से गली में गुजरती तो उड़ती मिट्टी से फर्श पर धूल की चादर सी बिछ जाती है।

महिपाल कमरे से बाहर आकर कुर्सी पर चुपचाप बैठ गया। ताज़ी हवा, चिड़ियों की चहचहाहट और गमले जो उसने ऊपर छत की तरफ बढ़ने वाली सीढ़ियों की बालकनी में रखे हैं, उनमें लगे पौधे हवा के साथ हिलडुल कर मानो उसे शुभ प्रभात कह रहा हो, मगर महिपाल का ध्यान इन सब पर बिल्कुल भी नहीं है। वो तो अपने में ही खोया हुआ है। वो उस अनंत में झाँक रहा है, जहाँ केवल कल्पनाएँ ही पहुँच सकती है। उस अनंत में वो अतीत, वर्तमान और भविष्य एक साथ देख रहा है। वो खुद से ही बातें करने लगा है। खुद ही खुद से सवाल कर रहा है और खुद ही जवाब भी ढूँढ़ रह है।

बौज्यू (पिताजी) ठीक ही कहते हैं ...... अक्ल और उमर की कभी भेंट नहीं होती। जब तक अक्ल आती है तब तक उमर का एक लम्बा दौर गुजर चुका होता है, हमें पीछे छोड़ कर। महिपाल ने गर्दन घुमाकर आयुष के कमरे की तरफ देखा तभी हवा के एक तेज झोंके ने उसके कमरे के दरवाजे को अंदर की तरफ धकेल दिया। कमरे का दरवाजा अन्दर से बंद नहीं था। महिपाल ने अपने आप से कहा की हवा भी उससे कह रही है कि वो आयुष को, कमरे में जाकर देखे ...... उसका बेटा अन्दर ही सो रहा है।

टेबल पर रखी नोटपैड के पेज, ए सी की सीधी पड़ती हवा से फड़फड़ा रहे हैं, ऐसे जैसे कह रहे हो ..... ठण्ड लग रही है। एक पेन और एक पेंसिल फर्श पर पड़े हैं। शायद उनका इस्तेमाल पेपरवेट की तरह किया गया होगा। टेबल पर लैपटॉप भी खुला ही है। लैपटॉप स्क्रीन पर एक पीली रेखा एक तरफ से दूसरी तरफ बढती ही जा रही है। लैपटॉप के बगल में रेड फ्रेम का मोटे प्रिज्म ग्लास का चश्मा भी रखा हुआ है। पावर बोर्ड बैड के पास ही है, जिससे जुड़ी एक लम्बी सी तार ने लेपटोप को सोने नहीं दिया है। स्क्रीन पर आगे बढती ही जाती रेखा महिपाल को अस्पताल के उस यंत्र की तरह लग रही है जो दिल की धड़कन नापता है, साँसें चलने और थमने के बारे में बताता है। ऐसा खयाल आते ही उसने खुद को ही धिक्कारा। महिपाल चश्मे के पीछे से आँखें सिकोड़ता हुआ दरवाजे के पास खड़े होकर, सोफे पर लेटे, बिन तकिये, बिन चादर के सोते हुए आयुष को काफी देर तक देखता ही रहा गया।

महिपाल की अपनी ईजा के साथ छोटी सी नोंक-झोंक भी हो गई थी जब उसने अपने ईजा-बौज्यू से आयुष और कविता को अपने साथ दिल्ली ले जाने की बात कही थी। तब दूसरी से तीसरी में चला गया था आयुष। गाँव में पाँचवी तक का स्कूल था। आंगनबाड़ी से पाँचवी तक। तीन साल का था आयुष जब उसने आंगनबाड़ी में जाना शुरू किया था। उसकी अम्मा उसे रोज गोद में ही लेकर जाती थी , और वह स्कूल से छुट्टी होने तक स्कूल के पीछे ही आयुष की नजरों से बचकर बैठी रहती थी। जब कभी महिपाल की ईजा नहीं जा पाती तो उसके बौज्यू आयुष को लेकर जाते, और आयुष हमेशा अपने बुबु (दादा) से उनके काँधे पर बैठने की ही जिद करता था। वे भी अपने नाती के आगे अपना बुढ़ापा भूल जाते थे।

लेकिन महिपाल तो भावनाओं, संवेदनाओं, प्रेम-स्नेह, ममता की सारी बातों को ताक पर रख चुका था। बस उसे तो सिर्फ इतना ही दिख रहा था कि यदि भविष्य में कुछ बनना है, और अपने बच्चों को कुछ बनाना है, तो गाँव के स्कूल की पढ़ाई से भविष्य की मजबूत आधारशीला नहीं रखी जा सकती। उसे इससे बेहतर आधार की जरूरत है, जो दिल्ली जैसे महानगरों की पढ़ाई में मौजूद है। ईजा अपनी बात कहती रह गई .....दूसरों की देखा-देखी मत कर, यहाँ भी तो पढ़ ही सकते हैं बच्चे। अक्ल तो सबकी अपनी-अपनी ही रहनी।

मगर महिपाल के दिमाग में तो बस ..... स्कूल की ऊँची बिल्डिंग, स्कूल बस, साफ़ सुथरी ड्रेस, और गले में टाई बाँधे स्कूल जाता आयुष ही दिख रहा था।

दायें हाथ से छड़ी का सहारा लिए महिपाल ने बायें हाथ की उँगलियों से आँखों का चश्मा उतारा और हथेली के पिछले हिस्से से अपनी पनीयायी आँखें मसलने लगा। एक गहरी साँस छोड़कर निचले होंठ को दाँतों के बीच दबाये उल्टे पाँव उसी प्लास्टिक की कुर्सी पर आकर बैठ गया जहाँ से उठकर आयुष के कमरे के दरवाजे के पास गया था। अपने आप में खोये महिपाल को पता भी नहीं चला कि कब कविता उसके पास आ गई।

क्यों ऐसे चुपचाप अकेले बैठे हो? क्या बात हो गई? पाँव में दर्द ज्यादा है क्या? चाय का कप महिपाल की तरफ बढ़ाते हुए कविता ने पूछा। महिपाल ने कोई जवाब नहीं दिया। हाथ बढ़ाकर बस उसके हाथ से चाय का कप थाम लिया। कविता भी महिपाल के साथ बैठ गई।

महिपाल ने बस इतना ही पूछा ...... टाइम क्या हो गया है?

छ: बजे हैं अभी .... कविता ने कहा।

छ: बजे की धूप खिल रही है। मार्च में ही गर्मी पड़ने लगी है। दोनों ही चुपचाप बैठे रहे। चाय खत्म हो चुकी है। कविता, महिपाल के हाथ से खाली कप लेकर रसोई की तरफ चली गई।

दूसरे के पाले पोसे बच्चे से तो सब प्यार करते हैं। जब हमारी उम्र में आयेगा और बचपन की यादों को दूसरे के बचपन के साथ बाँटना चाहेगा तब पता चलेगा कि जीवन का अनुभव कैसा रहा। ईजा की कही बात, महिपाल के सामने जैसे साफ़-साफ़ तैर रही है।

सालों से महिपाल दिल्ली जैसे महानगर में अपनी पत्नी और बेटे के साथ रह रहा है। समय के साथ चलना क्या, उसने हमेशा समय से आगे दौड़ने और आगे रहने की सोच को कभी कम नहीं होने दिया है।

नौकरी से तो उसे अब आराम मिला है लेकिन जब उसने खुद को देखा तो उसे खुद ही लगा की वह तो अभी भी दौड़ रहा है। समय की धार में, मगर समय के साथ नहीं। उसकी हालत ऐसी है जैसे असंख्य कोयले के टुकड़ों में हीरे की तलाश में हर कोयले को उठाकर देख रहा हो कि कौन सा पत्थर हीरा है,

और इसी अंधी दौड़ में वह यह भी भूल गया कि वह क्या खोज रहा है। हीरा उसके हाथ आया भी होगा मगर उसका ध्यान तो केवल कोयले को उठाने तक ही सीमित रह गया है। अपनी सभी छोटी-छोटी खुशियों को कुर्बान करना उसे आज बहुत खल रहा है। कुछ बनने और अपने बेटे को कुछ बनाने की लालसा ने उसके परिवार से हँसने के मौके, जैसे कम कर दिए हैं। उसे भी कुछ हद तक कठोर बना दिया है। कुछ बनने की लालसा उसने आयुष के अन्दर इस कदर भर दी है कि आज एक छत के नीचे साथ रहकर भी आपस में बातचीत का मौका कम ही मिल पाता है।

आयुष देर रात ही घर लौटता है। किसी मल्टीनेशनल कम्पनी में अच्छी पॉजिशन पर है। अच्छा कमाता है। उसमें ऐसा कोई अवगुण भी नहीं है जो महिपाल को बुरा लगता हो। बस उसके पास नहीं है तो समय। देर रात आना, कभी घर आकर खाना, तो कभी बहार से खाकर आना, रात को दो दो, तीन तीन बजे तक लेपटोप स्क्रीन पर आँखें जमाये काम करना, सुबह नौ-नौ बजे तक सोये रहना, ऑफिस की तैयारी में हमेशा जल्दबाजी में रहना। कभी चाय नाश्ता होता, कभी उतना भी समय नहीं होता उसके पास।

परवरिश के साथ साथ जीवन के लक्ष्यों का निर्माण करना उसी तरह का काम है जैसे कच्ची लकड़ी को मोड़कर साँचे में ढालना। कच्ची लकड़ी मुड़ सकती है। मगर सूखने के बाद नहीं। फिर तो वह टूट जाती है, पर मुड़ती नहीं। बच्चे भी उसी तरह है जैसा सिखाएँगे, समझाएँगे उसी तरह वो सीखेंगे समझेंगे। बौज्यू की कही बात तब ठीक से सुनी ही कहाँ थी, मगर आज उसे बात का पूरा अर्थ समझ में आ रहा है। आखिर कुछ पाने की चाह को ऐसा साँचा बनाकर आयुष को ढाला है कि उसकी कुछ बनने की इच्छा में वो अब अपने पेरेंट्स की भावनाओं को केवल जरूरी और गैर जरूरी नजरिये से देखने लगा है।

महिपाल को भी लगने लगा है कि अपने बेटे को सर्व सामर्थ्यवान देखने के खयाल से उसे बेहिसाब बोझ उठाये रखने की आदत उसी ने डाली है। अब इस बोझ को उतारना भी उसके बस की बात नहीं रह गई। बोझ इस तरह का कि जो आयुष की व्यस्तता को कम होने ही नहीं देता।

बीते दिनों की एक-एक याद महिपाल को कचोट रही है।

     सहन की पराकाष्ठा

दूसरी से तीसरी में गये आयुष को गाँव से लाकर महानगर के स्कूल में फिर से दूसरी क्लास में ही दाखिला मिला। खुले माहौल, आजादी .....को जैसे कैद करने की तैयारी हो चुकी थी। स्कूल, ट्यूशन में बाँध कर रख दिया गया। इसी तरह क्लास बढ़ती ही रही। क्लास, ट्यूशन, कमप्यूटर .....बारहवीं में पहुँचने तक उसका एक-एक मिनट व्यस्तता से भर दिया गया। महिपाल जब भी उससे बातें करता तो बस पढ़ाई-लिखाई की ही बातें होती। उसके टेंलेंट को निखारने की ही बातें होती। जबकि वह खुद ज्यादा पढ़ा-लिखा नहीं है। मगर उसकी सोच महत्वाकांक्षी जरूर है। इसी महत्वाकांक्षा ने घर के माहौल को गुमशुम बना दिया है। बच्चों वाले घर के हँसी हुल्लड़ की जगह एक सुनसानी पसरी रहती है।

महिपाल, आयुष से जो भी रास्ता चुनने को कहता उसे वह खुद से जोड़ कर देखता। इस नजरिये के चलते वह ये भी भूल जाता कि उसकी भी अपनी कोई इच्छाएँ हो सकती हैं। इस विचार को दबाता वह आयुष पर अपनी जिंदगी के अनुभवों को थोपता चला गया। स्टील फैक्ट्री में मामूली हेल्पर से नौकरी की शुरूआत करने वाला महिपाल अपनी कुशलता से ही इस मुकाम पर पहुँचा था कि फैक्ट्री संचालन में लगे सभी पदाधिकारियों को उसका महत्व पता था। उसकी पूछ थी। तभी तो उसे दिल्ली की फैक्ट्री बंद होने पर फरीदाबाद वाली साइट पर रख लिया गया जबकि और कई निकाल दिए गये। मगर उसे कोई भी आधिकारिक पद नहीं मिला था। लोहे की बड़ी-बड़ी सिल्लियों को ग्रांइडर पर रगड़-रगड़कर एक नया साँचा कैसे तैयार होता है, वह अच्छी तरह जनता था। उसके हाथों पर बने असंख्य जले के निशान ग्रांइडर की चिंगारियों की ही देन है। और आँखों पर चढ़ा चश्मा भी।

जिस तरह बड़े-बड़े सर्विस स्टेशनों में काम करने वाले बंद गाड़ी को कामयाब बना देते हैं, उसी तरह सड़क किनारे बैठे कारीगर भी बंद गाड़ी को चला देते हैं। दोनों में हुनर है। दोनों में हुनर होने के बावजूद भी अपनी गाड़ी ठीक कराने वाले का नजरिया दोनों के लिए बहुत बड़ा अंतर रखता है। सड़क किनारे बैठ अपनी काबीलियत से काम करने वाला हमेशा मिस्त्री ही कहाता है और काबिलियत पर सर्टिफिकेट का पर्दा डाले सर्विस स्टेशन का कर्मचारी इंजिनियर। इसी तरह यदि मेरे पास सर्टिफिकेट भी होता तो ओहदा खुद ब खुद मिल जाता मगर ऐसा है नहीं, मेरे काम करने की ताकत की ही कद्र रह गई है।

ऐसे-ऐसे उदाहरण देकर, भेद बताकर, महिपाल ने आयुष के अन्दर वो चिंगारी सुलगा दी कि उसका चुलबुलापन, लड़कपन, हँसी-ठिठोली .....सब स्वाह हो गये। अब आयुष में बस इतनी बात रह गई की कुछ करना है, कुछ बनना है। जी तोड़ मेहनत करनी है। खूब पैसा कमाना है। भौतिक सुख का हर साधन जोड़ना है। मगर संतुष्टि क्या है? खुश कैसे रहा जाय? इस तरफ उसने कभी ध्यान ही नहीं दिया।

एक बार ग्रांइडर पर लोहे की भारी सिल्ली चढ़ाते समय सिल्ली महिपाल के पाँव पर गिर पड़ी। उसका बाया पैर बुरी तरह जख्मी हो गया। पंजा बुरी तरह कुचल गया। ईलाज में डॉक्टरों ने उसके पैर में स्टील के ही कई जोड़ लगा दिए। अब उसे अपना पाँव मोड़ने में हाथों का सहारा लेना पड़ता है। हाथों से अपना घुटना पकड़ महिपाल ने पाँव आगे की तरफ फैला दिया और कुर्सी की टेक लगाकर गहरी साँस भरी।

आर्थिक स्थिति से घर अब पूरी तरह आयुष पर ही निर्भर है। मगर आयुष ने कभी कोई ऐसी बात नहीं कही कि जो ये जताती हो कि घर उसके बल पर चल रहा है। मगर महिपाल अब ये समझने लगा है कि घर केवल पैसों से नहीं लोगों से, प्यार से, आपसी नोकझोक से, रुठने मनाने से चलता है। गाँव से बच्चों को अपने साथ शहर लाने के बाद से अब तक महिपाल अपने ईजा-बौज्यू के लिए हर महीने कुछ रूपये भेजता है। मगर जब भी वह उनसे मिलता अथवा उनकी चिट्ठी पढ़ता अथवा किसी गाँव से आने वाले से उनकी खैर-खबर पूछता तो उसका ये विश्वाश और भी मजबूत हो जाता की वो भी कितने चिंतित और फिकरमंद रहते हैं अपने बच्चों के लिए। ईजा-बौज्यू की मनोस्थिति समझने में पूरी तरह सक्षम अब बन रहा है वह। जिसने भी कही, खूब कही, अनुभव वो कंघी है जब हाथ में आती है तब सिर के बाल झड़ने शुरू हो चुके होते हैं। उनकी भावनाओं के लिए, अथाह प्यार और इज्जत उमड़ रही है उसके मन में। मगर अब वो खुद को भी जाल में फंसा हुआ सा महसूस कर रहा है। क्योंकि अब सुधारने के लिए वो चाहे भी तो पीछे मुड़कर कुछ नहीं सुधार सकता।

कुछ बेहतर करने, पाने की चाह में .....गाँव को छोटा दायरा समझा ..... परिवार को दो पीढ़ियों के अंतर में बाँटा ....तो अब क्या नया कर लिया? .....क्या अब दो पीढियों में अंतर नहीं है? क्या इस शहर का दायरा आयुष को

                                   सहन की पराकाष्ठा

बाँध कर रख सकता है? क्या उसे भी यह छोटा लगना शुरू नहीं हो गया? वक़्त वही दोहराएगा जो मैंने किया ......एक अजीब सा डर भरने लगा है महिपाल के अन्दर।

कभी-कभी उसे उसका ही फैसला गलत लगता तो कभी सही। कविता क्या चाहती थी ठीक-ठीक उसके मन की कैसे बता सकता है वह। अपनी बात पर महिपाल ही तो अड़ गया था। साधारण गृहस्थी में, साधारण आमदनी में, बच्चों को शहर में लाकर, सुख सुविधाएँ जुटाना, अच्छी पढ़ाई-लिखाई की व्यस्था करना, इतना आसान नहीं था। ईजा कितनी ही बार कविता को माध्यम बनाकर इस बात को उसे समझती थी मगर महिपाल तो जैसे अपने ही मन की करने की ठान चुका था। अब वही क्यों खुद को फंसा हुआ महसूस करने लगा है?

तीन भाई बहन ....महिपाल से बड़ी उसकी दो बहनें हैं। वो भी समय था जब उसे ही तवज्जो दी जाती थी। मगर अब तीनों, बहिन .....तीन धार। बुढ़ापे की सीढ़ियाँ चढ़ते महिपाल ने जमा की है तो बस .....कुछ बातें .....कुछ यादें।

जिंदगी में जो कुछ भी जुटाया उसे महिपाल को किसी के साथ बाँटना नहीं पड़ा। यही आयुष के साथ भी है। इस बात के लिए भी खुश होता कि उसने आयुष के भविष्य की नींव मजबूत रखी है। मगर अब आयुष की व्यस्तता देखकर वह उदास भी हो जाता। आयुष उम्र के उस पड़ाव पर पहुँच चुका है जहाँ से आगे बढ़ने का मतलब है दुनिया की अंधी दौड़ का हिस्सा होना और वह किसी भी तरह की दौड़ में पिछड़ना नहीं चाहता।

महिपाल अपनी कल्पना में आयुष को कभी उसकी बहिन तो कभी उसके भाई के साथ खेलता, लड़ता, झगड़ता, प्यार करता और खुद के पास एक-दूसरे की शिकायत लेकर आते हुए देखता है। कितना खुश कर देता है उसे इस कल्पना के परिवार के साथ खेलना। मगर न ऐसा है और न ही ऐसा हो ही सकता है। वह कभी-कभी एक और बच्चे की कमी महसूस करता है।

आयुष का कमरा .....अलग-अलग रंग में रंगी दीवारें, कमरे में लगा एसी, सोफे, कुर्सियाँ, दीवार पर टंगी बड़ी सी एल ई डी स्क्रीन, फर्श पर बिछा मोटा मुलायम कालीन, किताबों से भरी बड़ी सी अलमारी, जिस पर काँच का स्लाइडर

लगा है, बड़ी सी कंप्यूटर टेबल, उसके किनारे पर रखा फूलदान, टेबल लेम्प, सारी व्यवस्था किसी फाईव स्टार से कम नहीं है। ये सब इसलिए जोड़ा उसने कि जब कभी आयुष के दोस्त आयें तो आयुष को ये न लगे कि वो तो उनके घर सोफे, कुर्सी पर बैठता है और अपने घर में चटाई है। वह अपने माँ-बाप को दोस्तों के माँ-बाप से कमतर न आँके। अब उसे लगने लगा है कि जितना उसने कमरा सुविधाओं से भरा, क्या उसी ने उस कमरे को उतने ही एकांकी ओर सुनेपन से नहीं भर दिया? जो सोच रहा है, वो सवाल हैं या जवाब उसे ही पता नहीं चल रहा है।

महिपाल को उस दिन का खयाल आया जब नेगी जी के जिद करने पर उसे भी आयुष के साथ उनके घर उनके बेटे के जन्मदिवस के अवसर पर साथ जाना पड़ा था। कितने सारे उपहार इकट्ठे हुए थे परन्तु उनके बेटे की जिंद थी की उसे साईकिल ही चाहिए। नेगी जी ने कैसे आयुष की तारीफ़ की और अपने बेटे को समझाया कि आयुष को देख वो बिल्कुल भी जिद नहीं करता, कुछ सीख इससे। कितना शांत लड़का है। महिपाल ये सब सुनकर भीतर ही भीतर कितना खुश हुआ था। भले ही ये कोई बहुत बड़ी बात नहीं है। सभी अपने बच्चों को समझाने के लिए ऐसा कहते ही हैं। लेकिन ये बात सच में सच है। वह शांत बच्चा था, है। अपने बेटे को साइकिल लाकर देने न देने के पीछे नेगी जी के अन्दर क्या विचार भाव था वो तो बस वही जान सकते थे। मगर आयुष के जन्मदिवस पर महिपाल हमेशा अपनी पसंद का ही उपहार लाता था। जब छोटा था तो खिलौने, कपड़े, स्कूल बेग ऐसा ही कुछ लाता था। मगर उसके बढ़ने के साथ-साथ महिपाल की भी अपेक्षा उसे लेकर बढ़ती चली गई। अब वो उसे जीवन में आदर्श भाव जगाने वाली मोटी-मोटी किताबें उपहार स्वरूप देने लगा था। आयुष भी मिले सभी उपहारों को सहेज कर रखता है। मगर अब बेटे का शांत, सरल सवभाव ही महिपाल को जीवन की निरसता लगने लगा है। जब कभी कविता की तबीयत ठीक न रहती तो महिपाल ही एक गृहणी वाले सभी कामों से निबटता है मगर कभी भी आयुष को हाथ बटाने के लिए नहीं कहता है। कविता कहती की आयुष कुछ तो हाथ बटा ही सकता है, कभी अकेला रहना पड़े तो? घर का काम बताने से उसका मन पढ़ाई से भटक सकता है। ऐसा कहकर वो कविता की उससे कुछ कराने की बात को दबा देता। फिर भी आयुष वो सब कुछ कैसे सीख गया

         सहन की पराकाष्ठा

उसे भी पता नहीं चला।

बिगड़ी तबीयत में कविता बिस्तर पर लेटे-लेटे, दुपट्टे से सिर बाँधें आयुष को आवाज देती तो वो बिना हाँ, ना कहे ही सामने आ जाता है। वो उसे गोली का नाम बताती, कहाँ रखी है भी बताती और साथ में एक गिलास पानी लाने को कहती है तो वो बिना नानुकुर के ही कर देता। मम्मी ये लीजिये बस इतना ही बोलता। बेटे की आवाज सुनकर कविता कुछ पल उसे एकटक देखती रहती फिर उसके हाथ से गोली लेकर मुँह में रखती जब तक वो गिलास का पानी पीकर आयुष को वापस न कर देती वो वही पास खड़ा रहता, कविता भी एक गिलास पानी पीने में जितना अधिक से अधिक समय लगा सकती है लगाती ही है। मगर आयुष तो शांत ही खड़ा रहता है, कविता को भी उससे क्या बात और किस बारे में बात की जाये समझ में नहीं आता और वो लौट जाता है।

कविता चाहती है कि उसका बेटा उसके पास बैठे, उससे बार-बार पूछे, उसकी तबीयत कैसी है? उसके सिर का दर्द गोली लेने के बाद कुछ कम हुआ या अभी वैसा ही है। उसका माथा दबाये। अपनी उँगलियों से उसके सिर में हल्की-हल्की मालिश करे। उसके पास बैठा रहे। वो हाँ तो नहीं कहेगी फिर भी उसके पाँव दबाने को पूछे। दूर से ही आप आप कहकर न बोले। बल्कि तू कहकर उससे लाड़ जताये। मगर आयुष तो .....अभी थोड़ी देर में ठीक हो जायेगा, आप आराम कीजिये, कहकर उसके कमरे से बाहर चला जाता है।

कभी-कभी असहनीय पीड़ा को भी अपनी पूरी ताकत और सहनशक्ति लगाकर भूलने की कोशिश करती कविता बिस्तर से उठकर या तो किचन में जाकर कुछ न कुछ करके अपना मन बहलाती या फिर घर के और किसी कामों में खुद को उलझाने में जुटती भी तो कुछ सूझता ही नहीं। घर का शांत, शालीन माहौल उसे अकेलेपन की ओर ही धकेलता है। मगर जो अकेलापन का भाव उसके भीतर भर चुका है उससे वो कभी पार ही नहीं पाती है। महिपाल इस बात का अंदाजा लग चुका है कि कविता आयुष को अपने पास रखने के लिए कितना जतन करती है। उसे लगता जैसे आयुष के साथ अपनी बातें, ममता, प्यार, लाड़ भरी भावनाओं को बाँटने के लिए ही वो कभी-कभी तबीयत बिगड़ने का नाटक कर रही हो, मगर उसे ये सब नाटक से कहीं अधिक उसके भीतर की पीड़ा लगती है।

जब आयुष टीवी पर कुछ प्रोग्राम देख रहा होता, कविता बातों का पिटारा लेकर उसके पास पहुँच जाती ....बेटा जरा उसपे लगाना आजकल उस पर बहुत अच्छा सीरियल चल रहा है। कविता जानबूझकर आधी अधूरी ही बात कहती या तो चैनल का नाम भूलने की बात कहती या सीरियल का नाम। मगर आयुष की चुप्पी से उसे निराशा ही हाथ लगती। कुछ याद सा करके वो चैनल का नाम, सीरियल का नाम बताती। तब जाके कहीं आयुष कुछ बोलता .... हाँ आजकल खूब चल रहा है। उसके कलाकारों के भी नाम बता देता। कुछ-कुछ कहानी भी। इससे कविता को बड़ी हैरानी होती की उसने तो उसे कभी ये सब देखते हुए देखा ही नहीं मगर उसे जानकारी सब है। बिना नानुकुर किये आयुष चैनल बदल देता। जितनी जानकारी उसने दी थी सीधी-साधी घरेलु महिला कविता के पल्ले कहाँ पड़ती। उसके लिए तो कहानी में छुपा दुःख-सुख ही काफी है। चैनल बदलने के लिए कहकर वो तो बस ये चाहती है कि बेटा उससे मना करे, मुझे ये देखना है कहे, जरा जिद करे, जरा नखरे ......मगर उसके हिस्से जैसे आयुष की नाराजगी का आना भी बंद हो गया है। वो जो चाहती है, वो सब भी उसकी ममता का ही हिस्सा हैं।

छुट्टी वाले दिन महिपाल आर डब्लु ए की मीटिंग या गाँव वालों से मिलने या कलौनी में ही किसी का हाल-चाल पूछने जैसे सामाजिकता से जोड़ने वाले कामों में व्यस्त रहता है। सन्डे की सुबह जब वो चाय नाश्ता करके नौ दस बजे घर से निकलता तो, या तो उसे आयुष लैपटॉप पर आँखें जमाये दिखता या फोन पर लम्बी बातों में व्यस्त। एक लय में अंग्रेजी बोलते सुन उसे गर्व जैसा ही भाव की अनुभूति होती लेकिन पूर्ण रूप से नहीं। उसकी बातों का मतलब तो उसकी समझ से बाहर होता है परन्तु उसके माथे पर पड़े बलों से फोन पर हो रही बातों की गंभीरता का अंदाजा लगाता। महिपाल देखता सुनता तो सब है मगर कहे क्या, उसे कुछ सूझता ही नहीं है। वो चाहता है कि आयुष भी कभी-कभी ही सही, उसके साथ लोगों से मिलने चले। जिस समाज में रहते हैं, उसकी अहमीयत को समझे। सबसे मिले, दुःख-सुख बाँटें, छोटे-बड़े सबसे बातें करने का अनुभव जाने। इंटरनेट की ही दुनिया सब कुछ है इस बात से बाहर निकले। नौकरी ही सब कुछ है मानकर बाकी दुनिया को अनदेखा न करे। वो जानता है कि सामाजिक व्यवहारकुशलता का भी अपना अलग ही मजा है।

                                      सहन की पराकाष्ठा

समाज से कट-कट के रहने का मतलब अपने भीतर भय, हिचक, और शर्म को जगह देने वाली ही बात हुई। नौकरी घर परिवार चलाने के लिए ही की जाती है न कि घर परिवार छोड़ कर नौकरी। बेटे की व्यस्तता और काम-काम और सिर्फ काम की प्रवृति उसे एकांकी न बना दे इस बात का डर भी अब उसके मन में आने लगा है।

कभी-कभी महिपाल की बड़ी तीव्र इच्छा होती की किसी शाम वो बेटे के साथ ही बैठे और दो-दो पैग लगाये। वो अब अट्ठाइस का हो चुका है। ऐसी इच्छा के पीछे उसका भाव सिर्फ ये होता कि खुले मन से उससे दोस्ती वाला व्यवहारऔर उसकी मनोस्थति को समझने का प्रयास। महिपाल के मन से बिष्ट जी की गृहप्रवेश पार्टी की याद जाती ही नहीं है। महिपाल भी पार्टी में गया था। बिष्ट जी पार्टी में आये लोगों के बीच में थे। बिष्ट जी के दोनों बेटे गिलास, पानी, सोडा, बोतलें, नमकीन, सलाद, अलग-अलग ग्रुप में जुटे लोगों के बीच दे रहे थे। दो पैग लगाने के बाद बिष्ट जी ने, सभी के सामने, दोनों को पास बुलाकर, बड़े ही दोस्ताना अंदाज में कहा ...... वैसे तो कम पड़ेगी नहीं फिर भी देख लेना। तुम पहले ही मत पीना, अपने लिए बीयर लगा लो फ्रिज में। मैंने तो पी ली है अब तुम देख लेना आगे क्या-क्या जरूरत पड़ती है। महिपाल को उनके इस अंदाज से बड़ी हैरानी भी हुई और आश्चर्य भी। वे दोनों भी आयुष की जितनी ही उम्र के हैं। बिष्ट जी ने बड़ी स्पष्टता से कहा .....भई ऐसा है, अब दोनों जवान हैं, कोई भी काम चोरी से करने के बजाय लिमिट में रहकर सामने करने में क्या बुराई है। हम भी तो इसी जोशीले उम्र से गुजरे हैं। हमने ये सब चोरी छिपे किया। ये सब सीखा। अब समय बदल गया है। पीढ़ी बदल गई है। अब इनके ऊपर शर्म, लिहाज, मर्यादा नाम का डंडा चलाना, वो भी अपने देखे समय के जैसा, कहाँ तक ठीक है? आज के युग में सब खुले विचारों के हैं। घर में दोस्ताना माहौल होना चाहिए। तभी सब मिलजुल कर रह सकते हैं। मैं कहूँ सब सुने, अब ऐसा नहीं चल सकता भई। यही सोचकर ये बीच का रास्ता निकाला है।

महिपाल को अपने बौज्यू की कही बात का ध्यान आया, वो कहावत ...... जब बाप का जूता बेटे के पाँव में आने लगे तो समझ लेना चाहिए कि बेटा और बाप अब बराबर के हो गए हैं। बेटा सयाना हो गया है। वो आयुष से ये सब कहना तो चाहता है मगर कहे कैसे ये समझ नहीं आता उसे। उसे उसी

की कही बात रोक देती है ...... नशा, व्यसन बुद्धि को भ्रष्ट कर देती है। एक लम्बा दौर गुजर जाने के बाद वह अपनी ही कही बात को बदलना चाहता है। जरा लचीलापन अपनाना चाहता है। जो चीज खाने-पीने के लिए बनी है उसका स्वाद लेना चाहिए मगर किसी भी चीज का आदि नहीं बनना चाहिए। वो ये सब कहने के लिए हिम्मत जुटता है फिर कहते-कहते रूक जाता। जब महिपाल कमरे में आया उस समय आयुष टीवी पर कुछ देख रहा था। बेटा जरा न्यूज पर लगाना, जरा सुने तो सही बंगाल जाकर क्या-क्या कहा है मोदी जी ने। क्या-क्या ऐलान करके आये हैं। इतना कहकर महिपाल आयुष की बगल वाली कुर्सी पर बैठ गया है। आयुष ने न्यूज चैनल लगा दिया। उसने किसी भी तरह की नाराजगी नहीं जताई। महिपाल को उसका चेहरा शांत, सरल ही लगा। महिपाल ने सोचा था कि बहस के लिए अच्छा मुद्दा है राजनिति। इसी पर बात छेड़ी जाय तो आयुष के साथ हो सकता है लम्बी बहस। लेकिन आयुष की चुप्पी से उसे निराशा ही हाथ लगी। उसे अपनी ही सिखाई बात पर गुस्सा आने लगा। बेटा .....वाक कुशल बनना है तो सबसे पहले दूसरों की बात में हाँ में हाँ मिलाना सीखो, सुनने की आदत डालो, जिससे आपसे बातें करने वाला आपसे खुश रहता है। भले ही वह कितने ही गुस्से में ही क्यों न हो। चाहे बेवजह की बहस ही क्यों न करे, आपका मजाक ही क्यों न बनाये, या फिर तुम्हें चिढ़ाने की कोशिश ही क्यों न करे, हाँ एक बात और ध्यान रखना कि बहस की लड़ाई जीतने के लिए हमेशा मौन ही कारगर हथियार साबित होता है। आयुष का शांत, सौम्य व्यवहारदेखकर उसे ये लगने लगा की उसी ने आयुष के भीतर एक ही रंग गहरा भरा और बाकी सब रंग फीके।

जब कभी घर पर कोई मेहमान आते तो महिपाल मेहमानों की खातिरदरी में कविता का हाथ बटाता और मेहमानों के चले जाने के बाद कविता उसे दो-चार जरूर सुनाती। सारी जिंदगी चाकरी में ही कटेगी, बेटी होती तो हाथ बटाती, नहीं करती तो धमकती, कहती कि .....ससुराल जाकर कैसे खायेगी? सऊर से काम किया कर.......... । उम्र तो हो ही गई शादी लायक आयुष को ही क्यों नहीं मनाते शादी के लिए। कविता गलत ही क्या कहती है। ठीक ही तो कहती है। मगर डरता तो महिपाल ही है। कह तो दूँ ......और वो मान भी जायेगा मगर ....आयुष की व्यस्तता, काम की जैसे लत ही है उसे ......कैसे निभाएगा

 सहन की पराकाष्ठा

शादीशुदा जिंदगी? जो लड़की इस घर में आयेगी उसके भी कुछ अरमान, सपने, उसको माँ-बाप से मिली सीख, उसकी भी अपनी कुछ इच्छाएँ होंगी। आयुष ऐसे ही अपने को व्यस्त रखेगा, उसे समय ही नहीं देगा, तो क्या बीतेगी उस पर। कुछ बनना है, कुछ पाना है, मेहनत ही रंग लाती है, सोच ऊँची रखो, अव्वल से नीचे मत देखो, ये सब बातें रटा-रटा कर आयुष को शायद मैंने ही काम करने की बीमारी लगा दी है। क्या कहते हैं अंग्रेजी में वर्कहोलिज्म। महिपाल को अपनी ही परवरिश में कमी दिखने लगी।

कमरे से झाड़ू बुहारती कविता वहाँ पहुँची जहाँ महिपाल अकेला बैठा अपने खयालों की पतंग उड़ा रहा है। कभी खींचता, तो कभी ढील देता। मगर मन है कि काबू में आ नहीं रहा है। जब कविता उसके पास पहुँची तब उसका ध्यान टूटा। दायाँ तो आसानी से मगर बायाँ पाँव उठाकर ऊपर कुर्सी पर टिकाने के लिए हाथों से घुटना पकड़ कर उठाने लगा। पाँव सुन्न पड़ चुका है। मगर कोशिश जारी है।

* * * * *

जब महिपाल की आँख खुली तो उसने देखा कि कविता सामने है। जो उसे झिंझोड़ रही है। उसे जगाने के लिए ही। क्या बड़बड़ा रहे हो नींद में। आपने तो डरा ही दिया। रोज तो पाँच बजे ही उठते हो। सोचा आज तो छुट्टी है, सोने देती हूँ आराम से। छः बज रहे थे जब टाइम पूछा था। बताया था न? मैं किचन में चाय बनाने लगी कि आपने बड़बड़ाना शुरू कर दिया। आपने तो हद ही कर दी। कितनी बार छुड़ाया ...... और आप ......बार-बार अपना बायाँ पैर पकड़ लेते। कविता एक साँस में ही सारी बात कह गई। महिपाल को ऐसा लगा जैसे कि कविता अभी रो देगी। उसके चेहरे पर उसे हैरानी भी दिखी, लाचारी और डर भी।

एक क्षण के लिए उसे भी यकीन नहीं हुआ की वह सपना देख रहा था। कविता दुबारा से किचन में चली गई। उसने अपने पैरों पर हाथ फेरा और आस्वस्थ हुआ कि हाँ सपना ही देख रहा था। उठकर कमरे के दरवाजे तक गया। आयुष के कमरे में झाँका। लाइट जल रही है, पढ़ाई कर रहा होगा, दसवीं की बोर्ड परिक्षा जो चल रही है। लौटकर फिर से बेड पर ही बैठ गया। फ्रिज के

ऊपर से बीड़ी माचिस उठाई और फिर तकिये के पास रखा अपना मोबाइल। सवा सात बज रहे हैं। उसे अपने ईजा-बौज्यू से बात करने का मन हो आया। वैसे हर रोज शाम को ही वह उनसे फोन पर बातें करता है मगर आज सवेरे ही उसने उनको फोन लगा दिया। ....बस एक ही पेपर रह गया है। उसके बाद तो दो-ढ़ाई महीने की छुट्टियाँ ही हैं। बस थोड़े ही दिन की बात है फिर आपके पास ही छोड़ दूँगा। अपने आप रहेगा छुट्टियों में आपके पास।

आयुष पेपर देकर उनके पास ही रहेगा सुनकर कितनी खुशी जाहिर कर रही थी ईजा-बौज्यू की चहकती, उत्साहित आवाज। महिपाल को भी एहसास हो रहा है, ईजा की आवाज में जो लहर थी उससे अंदाजा लगाया जा सकता था कि वो कितनी खुश है इस बात से।

इतने में कविता चाय लेकर आई और महिपाल को चाय देकर खुद भी बेड पर ही बैठ गई। उसकी नींद में बड़बड़ाने वाली हरकत पर ही बोलती रही। महिपाल मुस्कुराता रहा चाय पीता रहा।

चाय खत्म करके उसने अपनी चप्पल पहनी, आयुष के कमरे तक गया ....बेटा कल तो छुट्टी है पेपर तो परसों है ना, बहुत टाइम है पढ़ने के लिए। अभी धूप हल्की है....चलो थोड़ा टहल कर आते हैं। माना ये बात सही है कि पढ़ाई-लिखाई का सर्टिफिकेट प्रोफेशनल लाइफ में बड़ा ही उत्तम रंग भरता है मगर जिंदगी में कई रंग हैं। कई रस है। जिन्हें अनदेखा नहीं किया जा सकता। अपनी किताबें टेबल पर खुली छोड़ आयुष अपनी सेंडल खोजने लगा।

महिपाल मेन गेट से बाहर तीन सीढ़ियाँ उतरकर उसका इन्तजार करने लगा। मगर उसे बार-बार उस सपने का ध्यान आ रहा है। ध्यान से हट ही नहीं रहा है। वो कुछ भी तो नहीं भूला पा रहा है। इंसानी फितरत ....कहाँ पीछा छोड़े ....मन दोहरा होने लगा ....एक कहता ये तो सपना था .....सपने भी कहीं सच होते हैं? सपने में देखी बातों से डर कैसा? दूसरा कहता ....सुना है सवेरे के सपने का जरूर कोई न कोई मतलब होता है ....सच हो गया तो ....?

* * * * *

7.
सहन की पराकाष्ठा

श्रीगुरु चरण सरोज रज ....

का स्वर गूँजने लगा था। पिछली गली में मन्दिर की चोटी पर लगे लाउडस्पीकर का स्वर था। जिसे सुनते ही मैं जाग गया। प्रभु गुणगान के तेज बजते भजन मेरे लिए अलार्म का काम करते थे। मैं समझ गया की साढ़े पाँच बज गये हैं। पैरों पर पड़ी चादर एक तरफ हटाई और उठ कर बिस्तर पर ही बैठ गया। मौसम गर्मी का था। बाहर की रोशनी का आभास बंद कमरे में भी हो रहा था। उठकर मैं रसोई में चला गया। रसोई की खिड़की के जालीदार पल्लों से सूरज की लाल रोशनी तो नहीं दिखी मगर जमीन पर गिरकर ऊपर उठती लालिमा मुझे स्पष्ट दिख रही थी। अभी धूप निकलने में कुछ समय बाकी था।

शहरों की घनी आबादी, घड़ी की सुइयों की तरह घुमती जीवन शैली, दिन-प्रतिदिन नई ऊँचाइयाँ छूती इमारतें, इन इमारतों में किराये के लिए बने छोटे-छोटे कमरे-रसोई का सेट और इस चार दीवारी में दुनिया .....कहाँ प्रकृति के सौन्दर्य को देखने का सुख मिलता है? नारंगी रंग में नहाया हुआ आकाश, रुई के फाहों की तरह बिखरे बादल के रंगीन टुकड़े, ताँबे के सिक्के की तरह दिखने वाला उगता सूरज .....प्रकृति के इस सौन्दर्य को देख, मिलने वाले आत्मिक सुख को बिल्कुल ही भूल चुका था। देखा है कभी मैंने भी ये नजारा .....इतना तो कह ही सकता था। देखी हुई बीते समय की उस मनभावन लालिमा को वर्तमान से जोड़कर देखने लगा था। कुछ नया सा एहसास जागने भी लगा था।

जब बिल्कुल शांत मुद्रा में हाथ पर चाय का भरा स्टील का गिलास लेकर कमरे में पहुँचा, घरवाली बिस्तर ठीक कर रही थी। मुझे क्यों नहीं उठाया ...... उसने मुझसे कहा। ठीक है, क्या फर्क पड़ता है ......धीरे से फुसफुसाती आवाज में मैंने उसे जवाब दिया। उसे मेरा सीधा सा जवाब पसंद नहीं आया और सुनते ही तपाक से बोल पड़ी .....तुम्हें तो अकेलेपन की आदत पड़ गई है। तुम्हें मेरी जरूरत ही महसूस नहीं होती। उसकी नाराजगी इस बात को लेकर थी कि मैंने उसे उठाने के बजाय खुद पहले उठकर चाय बना ली थी और वो सोती ही रही।

मैंने उसे जगाया नहीं। घरवाली के चेहरे की भावभंगिमा मेरी समझ से बाहर थी। गुस्सा, नाराजगी, इतराना, नखरे भरा, या फिर ताने मारने जैसा, कुछ भी, कोई भी भाव स्पष्ट नहीं था। वह अभी-अभी सो कर उठी थी तो शायद .....मेरी नजर में अभी उसके चेहरे पर सुस्ती के भाव ही झलक रहे थे। खड़े-खड़े इतनी बातों के बाद विराम लगते ही मैं चारपाई के एक कोने पर बैठ गया। वो दीवार की तरफ मुँह फेर कर अपनी साड़ी ठीक कर रही थी। साड़ी का एक पल्ला उसके दाँतों के बीच दबा था। बाकी की कमर से लिपटी हुई थी और फर्श पर फैली हुई थी। उसने अपनी कमर के बाई तरफ बाँधें पेटीकॉट के नाड़े को खींचा, कमर ढ़ीली की फिर कस कर बाँध ली। साड़ी को उँगलियों पर लपेटकर गुच्छा बनाकर कमर में खोंसा। दाँतों में दबे पल्ले को दायें काँधे के ऊपर से घुमाते हुए उसके छोर को भी कमर में दबा लिया। फैले बालों को समेटती हुई वो मेरी तरफ घूम गई। माथे की बिंदी जो सरककर ऊपर चढ़ गई थी उसे ठीक जगह पर लगाया। गले का मंगलसूत्र का लॉकेट जो ब्लाऊज के अन्दर गहराई में दबा था, बाहर निकाला। ये सब करते हुए मैं उसे देखता रहा। इन क्षणों में हमारी आपस में कोई बात नहीं हुई। बिना कुछ बोले ही वो मुँह फेर कमरे से बाहर चल दी और मैं चाय पीता रहा।

घरवाली जब तौलिए से मुँह पोंछते हुए कमरे में आयी, मैं बैठा अपने ही विचारों में खोया हुआ था। मेरे हाव-भाव उस समय ऐसे थे जैसे मैंने न जाने कितन बड़ा रहस्य दबा रखा हो। और मन में ये भाव भी चल रहे थे कि घरवाली को सब कुछ नहीं बताना चाहिए। उसे बस उतनी ही बात बतानी चाहिए जितनी बताने की जरूरत हो। नास्ता क्या बनाऊँ? तभी घरवाली ने मुझसे पूछा। अभी भी वह तौलिए से हाथ मुँह पोंछ ही रही थी। मैं उसके इस सवाल का कोई जवाब दे पाता की उसने दूसरा सवाल भी कर दिया। लंच में क्या लेकर जाओगे? नहीं-नहीं लंच के लिए कुछ नहीं, नास्ता कुछ भी बना लो। मैंने उसके दूसरे प्रश्न का उत्तर पहले दिया फिर पहले वाले का जवाब दिया। लंच क्यों नहीं? उसने मुझसे फिर एक और सवाल पूछ लिया। ऑफिस में ही आता है लंच, लेकर जाने की जरूरत नहीं। मैंने उसे जवाब दिया। अपने सवाल का सीधा सा उत्तर पाकर मेरी घरवाली किचन के तरफ मुड़ गई और मैं .....एक गहरी साँस भरकर, गंभीर चेहरा बनाकर चाय पीता रहा।

 सहन की पराकाष्ठा

हमारा क्या है? अब कोई भरोसा नहीं। जब अपना ही शरीर अपना साथ देना छोड़ देता है तो कोई किस दम पर हिम्मत दिखाये? घर का हालात तुझे पता ही है। हमारे पास ऐसा कुछ भी नहीं जिसे हमने छुपा कर रखी हो। अब दिहाड़ी-मजूरी करने की ताकत शरीर में रही नहीं। हम भी जानते हैं। हम भी समझते हैं। दसवीं-बारहवीं करके तेरे साथ के सभी पढ़ने के लिए बाहर चले गए थे। मगर हमने तुझे आगे पढ़ने से रोक दिया। आगे पढ़ाने के बजाय, कुछ कराने के बजाय, तेरे कन्धों पर अपना भी वजन लाद दिया। तू इतना तो जनता ही है कि वजहें क्या थी? क्या मजबूरियाँ थी? इतना तो तू समझता ही है। जो समय निकल गया सो निकल गया। उसे तो वापस नहीं लाया जा सकता। जिस तरह अभी तक तूने अपनी जिम्मेदारियाँ समझी है, उन्हें निभाया है, आगे भी उसी पर कायम रहना। तू बड़ा है। तुझे ही सब कुछ देखना है। संभालना है। ईजा-बौज्यू की कही ये बातें मन में उभर आयी। चाय ख़त्म हो चुकी थी। चाय स्टील के गिलास में थी इसीलिए हथेली पर गुनगुना एहसास थोड़ा बाकी था। गालों को फुलाकर एक लम्बी साँस छोड़ते हुए उठा और किचन के वॉशबेसन में खाली गिलास को रखने के लिए गया। किचन में घरवाली आलू छील रही थी। उसने मेरी आहट सुनकर अपनी आँखें उठाकर मेरे चेहरे की तरफ देखा। मेरे माथे पर पड़ी लकीरों को देखकर बोल पड़ी .....क्या बात है? क्या हुआ? कुछ नहीं का छोटा सा जवाब सुनकर वो बिल्कुल भी संतुष्ट नहीं थी। वो आगे कुछ कहती मैं वापस पीछे मुड़ गया। मैंने वो डिब्बा उठाया जिसमें दाढ़ी बनाने का सामान था। छोटा सा शीशा हाथ पर लेकर दाढ़ी पर साबुन रगड़ने लगा।

ऐसा व्यवहार करन। कोई समझदारी की बात तो नहीं थी? उसे यहाँ आये हुए अभी दिन ही कितने हुए हैं? क्या सोचेगी? शादी को एक साल तो हो ही गया। पूरा साल क्यों गिन रहा है? साथ में रहते हुए ....उसे दिल्ली आये हुए, दिन ही कितने हुए हैं, कुछ ही दिन तो हुए हैं। वो भी उँगली पर गिने जा सकते हैं। माना कम उम्र में ही जिम्मेदारी का टोकरा सर पर उठा लिया, इसका मतलब ये तो नहीं कि गंभीर उम्रदराज लोगों की तरह बर्ताव करेगा। हरकतें करेगा। क्या एहसास दिलाना चाहता है उसे .....कि उसे तुझसे हमेशा दब कर रहना चाहिए? उस पर भी अपनी मर्जी का जोर चलाना चाहता है। उसकी मनोस्थिति पहले इतनी मजबूत बना कि दोनों का मन एक हो जाय। फैसले एक

हो जाय। उसके मन में भी परिवार के प्रति समर्पण का भाव जागे। एक-दूसरे को बिना देखे, एक-दूसरे से बिना कहे, एक-दूसरे की मनोदशा समझने की स्तिथि बन जाय। मन एक हो जाय। इस तरह कम बोलने से, गम्भीर चेहरा बनाने से कैसा लगेगा उसे? माना कि आमदनी अति साधारण है .....पर उसके साथ .....ऐसी बात जोड़ना ठीक तो नहीं है। अगर साधारण, अति सिमित व्यवस्था को व्यवस्थित तरीके से चलाने में उसका सहयोग मिलता है तो इसमें हर्ज ही क्या है? गाँव में बूढ़े ईजा-बौज्यू, साथ में बेरोजगार छोटा भाई और अब अपना परिवार .....एक नया सदस्य .....घरवाली, जिम्मेदारियाँ .....माना की बढ़ गई है लेकिन बेरुखे व्यवहारके साथ जीना तो कोई समझदारी नहीं है? घरवाली के साथ मनोहारी, रोमाँचित करने वाला और सम्मान भरा व्यवहारकरना ही उचित होगा। मेरे मन में ऐसे ही विचारों का आना-जाना चलता रहा। दाढ़ी बन चुकी थी। फूँक मारकर ब्लेड को सुखा रहा था। तौलीये से पोंछ कर सुखाने का विचार अब नहीं आता। एक बार ऐसे करने में ब्लेड उँगली में बहुत गहरी लगी थी। तब उस समय भी मेरा दिमाग ऐसे ही खुद के साथ लड़ते-झगड़ते विचारों के समन्दर में गोते लगा रहा था।

नहा-धोकर, तौलिया लपेटे मैं पूजा करने लगा। नित्य मेरा नियम था कि मैं पाँच मिनट मन शांत करके ध्यान लगाता। मगर सच तो यह था की मुझे ये भी मालूम नहीं था की मैं किसका ध्यान लगाता हूँ। मैं तो बस शांतचित रहकर ..... बस एक जलते हुए दीया को बंद आँखों से देखने का अभ्यास करता था। ईश्वर से, अपने और अपने परिवार के लिए कभी कुछ माँगा या कभी कुछ शिकायत ही की, मुझे कुछ ध्यान नहीं। अभाव में अब तक का जीवन जीने के बाद भी मुझमें कुछ माँगने की हिम्मत नहीं होती या फिर मैं कुछ भी दया पालता में नहीं चाहता। इस पर भी मेरे मन में अनिर्णय का भाव ही भारी पड़ता। हाँ ये बात सच थी कि ईजा-बौज्यू की आर्थिक स्थिति साधारण से भी अति साधारण ही थी। नाम के साथ लगे पहचान के जातिगत चिन्ह से तो मेरा परिवार सामान्य श्रेणी में आता। जिससे की किसी भी सरकारी आर्थिक सुविधा का लाभ तो ले ही नहीं सकता था। ईजा-बौज्यू ने ऐसी स्थिति में पालापोसा जिस स्थिति में मैं कुछ करना भी चाहूँ तो उस काम के लिए होसला बढ़ाने की ताकत भी उनमें नहीं थी। मेरा मन विरोधी विचारों से या फिर संकोची स्वभाव से भरने लगा था।

	सहन की पराकाष्ठा

कुछ करने, आगे बढ़ने की सोचता भी तो परिणाम की चिंता मन को घेर लेती। मैं उन्हें दोष नहीं देता मगर अपने मन से ये सब कुछ निकाल भी नहीं पाता। किसी विचारक कि ये बात मुझे बार-बार याद आती ......बीता हुआ समय ही सच है जो हमेशा हमारे साथ रहता है, वर्तमान तो क्षणिक है और भविष्य मात्र भ्रम। बीते हुए दुःखदाई समय का एहसास बना रहना मुझ जैसे साधारण मनोस्थिति के इंसान के लिए स्वभाविक बात है। जिस कारण नकारात्मक विचारों का मन में घर कर जाना और मस्तिष्क चिंताग्रस्त रहना, स्वभाव का गुण ही बन गया था। जबकि मैं छोटा-बड़ा, सुन्दर-कुरूप, अच्छा-बुरा, घृणा-स्नेह इन सब के बारे तुलनात्मक विचार करने को अपनी ऊर्जा का नाश करना ही मानता। लेकिन फिर भी मैं अपने संकोची स्वभाव को काबू में नहीं कर पाता था। कपड़े पहन चुका था। जीरा आलू की खुशबू के कारण मेरी गर्दन भी खुशबू की तरफ मुड़ी। घरवाली थाली में आलू जीरे की सब्जी, रोटी और चाय का गिलास लिए बिल्कुल मेरे पास ही खड़ी थी। मैं हाथ पर छोटा सा शीशा लिए बालों पर कंघा चला रहा था। ......चुपचाप आकर ऐसे खड़ी हो गई .....अभी मेरा हाथ लग जाता तो ? .....सब गिर जाता .....चाय गर्म है जल जाती। मैंने उसे टोका। अपने हाथ का कंघा शीशा एक तरफ रखा और उसके हाथ से थाली ले ली। ......हद हो गई तुम्हें अपने दायें-बायें का कुछ पता ही नहीं चलता .....पता नहीं ध्यान नहीं देते या फिर कहीं खोए रहते हो .....तुम्हें तो अकेले ही रहना अच्छा लगता है। इतना कहते-कहते वो रसोई की तरफ चली गई और मैं फिर से अपने में घुलता हुआ चारपाई के कोने पर बैठा रोटियाँ चबाने लगा।

ज्यादा सुखों का आदि बनना। हम जैसे साधारण और अल्प व्यवस्था वाले लोगों के लिए ठीक नहीं। अगर सब कुछ आराम से बैठे-बैठे हाथ पर ही मिलने लगा तो आदत खराब हो जायेगी। मैंने अपने आप से कहा। वैसे भी मेरे पाँव हमेशा जमीन पर इस तरह टिके थे जैसे एक ऊँचा और एक नीचा। जिंदगी दो नावों पर सवार थी। ग्रामीण और शहरी, आमदनी और नौकरी, चिंता पारिवारिक भी और सामाजिक भी। परिस्थितियों ने मन को इतना भयाग्रस्त बना दिया था कि कभी-कभी मुझे लगता जैसे मैं खुद को ही प्रताड़ित करने लगा था। दफ्तर से घर आकर दिन के पहने कपड़े खुद ही धोने लगता। घरवाली अगर टीवी पर अपना पसंदीदा सीरियल देख रही होती तो खुद ही रोटियाँ भी

सेक देता। रसोई की खिड़की बाहर गली की तरफ खुलती थी, जानने वाले देखते तो ताना भी देते। ....क्या बात है, बड़ी सेवा हो रही है, घरवाली को बना कर खिलाया जा रहा है। मगर मुझ पर इन सब बातों का असर होता या नहीं मुझे खुद मालूम नहीं। मैं तो केवल इतना ही सोचता कि शरीर को मेहनत के लिए जितना खपाया जाय उतना ही स्वास्थ्य ठीक रहेगा। इस पर भी मेरा दोहरा मन मुझे घेर ही लेता। ......यदि मेहनत सही दिशा और सही समय पर न की जाय तो ये माल शारीरिक कष्ट बन कर रह जायेगी। किसी किताब में पढ़ी हुई बात पर बिन बात ही मुस्करा दिया। बायाँ जूता पहले पहनना चाहिए। सुना था मैंने भी। मैंने भी वही किया और बायें जूते पर ही ब्रश भी पहले किया। अच्छा मैं जा रहा हूँ ......दरवाजे के पास खड़े होकर घरवाली को आवाज दी। वो अभी रसोई में ही थी। अच्छा ठीक है बोलते हुए वो आयी और चारपाई पर रखी खाली प्लेट उठा ली। रोशनी तो साफ-साफ थी मगर सूरज पूरी तरह से बादलों से ढका हुआ था। साढ़े सात के आसपास का समय रहा होगा। साथ वाले कमरे में भाई अभी भी सो रहा था। खाली था। बेरोजगार। उसे जल्दी उठाना मैंने जरूरी नहीं समझा। मेन गेट का भारी-भरकम दरवाजा अन्दर अपनी तरफ खींच कर खोलने लगा तो एक अजीब सी आवाज आयी। जिससे की मेरे बदन में झुरझुरी दौड़ गयी। कोई नई आवाज तो नहीं थी की मैंने पहले सुनी न हो। लेकिन इस तरह झुरझुरी पहली बार ही उठी थी। दो पाटों के बीच कंकर पीसने की आवाज। आवाज ने मुझे अपनी तरफ इस तरह खींचा की मेरे मन में भी विचार पीसने से लगे। वही असमंजस वाले विचार। खुश रहने का अधिकार केवल सम्पन्न लोगों का है। नहीं-नहीं ......ऐसा बिल्कुल नहीं है। सम्पन्नता के साथ सुखी जीवन जीना भी आसान नहीं। सम्पन्नता के लिए तो लोग खुशियों की कुर्बानी दे देते हैं। अर्थशक्ति के बल से केवल भौतिक सुखों के साधन ही जुटाए जाते हैं। हाँ ये बात सही है कि कुछ साधन क्षणिक होते हैं तो कुछ दीर्धकालिक। लेकिन इच्छा कभी पूर्ण होती है? मेरे लिए तो ये एक सवाल ही था। दूसरों की नकल करते-करते, सुविधाओं के साधन जुटाते-जुटाते, इच्छाओं के पीछे भागते-भागते, कितनी ही खुशियों का गला हम खुद ही घोंट देते हैं। विचारों की इस उधेड़बुन में मैं केवल इस निष्कर्ष पर पहुँचा की खुश रहना एक कला है। चहरे पर झूठी मुस्कान बनाये रखना आसान नहीं लेकिन अभ्यास से कुछ तो कामयाबी मिल ही जायेगी। मैं

सहन की पराकाष्ठा

सिर झुकाये गली में तेज कदमों से बस स्टेंड की तरफ बढ़ रहा था। अपने में ही खोया हुआ। मेरा ध्यान तब टूटा जब एक बड़ा सा काला कुत्ता, जिसके बदन पर दो-तीन घाव स्पष्ट दिख रहे थे, अचानक तेजी से मेरे पैर को छूते हुए आगे बढ़ा तो मैं चौंक गया।

जब बस स्टैंड पहुँचा तो वहाँ पर दो बसें खड़ी थी मगर न तो ड्राइवर का कहीं पता था और न ही कंडेक्टर का ही। समय काटने के लिए मैंने पटरी पर बैठे अखबार वाले से अखबार ले लिया। रात में असहनशीलता वाली खबर टीवी पर मैंने भी देखी थी। वही खबर अखबार की हेडलाइन बनी थी। सड़क से संसद तक की चर्चा विस्तार से छपी थी। दलगत राजनीति के चलते राजनेताओं की टिप्पणियाँ भी खूब छपी थी। संसद के हंगामे के साथ-साथ लेखक, कलाकार, समाजसेवी कहे जाने वाले वर्ग के नेताओं को भी अच्छी-खासी जगह दी थी अखबार ने। पुस्कार, सम्मान लौटाने की ख़बरों ने असहनशीलता शब्द को चारों तरफ बिखेर दिया था। सामान्य जन मानस के जीवन में जिस शब्द का उपयोग ना के बराबर था वही शब्द अब सबके पास जाकर एक नकारात्मक भाव पैदा कर रहा था। जबकि सामान्य जीवन में लोग इस शब्द से ठीक से परिचित तक नहीं थे। फिर भी लोग इसे अपने-अपने विचारों और तर्कों से प्रभावशाली बनाने में कोई कसर नहीं छोड़ रहे थे। मुझे ख़ुशी इसके दूसरे पक्ष से थी .....जो लोग दूसरों को अपने प्रभाव से दबाने की कोशिश करते हैं और उनकी सहनशीलता को कमजोरी समझते हैं उनमें जरूर खलबली मची होगी। इस शब्द से परिचय हो जाने से, जानते हुए भी किसी के साथ दुर्व्यवहार करने पर, दुर्व्यवहार करने वाले के दिल में भी और सहने वाले के दिल में भी, थोड़ा ही सही, हलचल तो जरूर ही मचने वाली थी।

अखबार पर नजरें टिकाये मैं भी अनुभव करने लगा कि स्वयं मैं भी कितना सहनशील हूँ। जो असहनशील माहौल में भी चुप्पी साधे अन्दर ही अन्दर घुट रहा हूँ। हृदय गति तेज सी होने लगी। होंठ सूखने का एहसास सा होने लगा। मैं खुद से ही बातें कर रहा था फिर भी काफी डरा सहमा सा लग रह था। दरअसल जो बातें मैं खुद से कर रहा था वो बातें केवल कोरी कल्पना या हवाई खयाल नहीं थे। बल्कि मेरे सामने घट रही कुछ घटनाओं का प्रभाव था। अपने दबे या कहें कि दबाये गये स्वभाव के मुताबिक़ मैं खुद ही सवाल करता

और खुद ही बड़े जोशीले ढ़ंग से खुद को जवाब भी देता। असल बात ये थी कि मैं कभी भी विरोधी लहजे से जवाब नहीं दे पाता था। इसीलिए खुद को ही जवाब दिया करता था। स्वयं को कभी भी प्रभावशाली ढ़ंग से पेश कर ही नहीं पाया था। ख़ासतौर पर अपने कार्यस्थल पर। और मैं अपनी इस कमजोरी को स्वीकार भी करता।

अखबार में सिर झुकाये अपने में ही खोया था तभी हार्न की आवाज सुनाई दी। पन्द्रह बीस मिनट कब कट गये पता ही नहीं चला। पाँच-सात और भी लोग जो मेरी तरह अखबार में खोये हुए थे सभी ने अखबार को रोल किया और बस की तरफ चल पड़े। ज्यादा भीड़ नहीं थी। मुझे भी सीट मिल गई। मेरा संकोची स्वभाव तब फिर से जाग गया जब मेरे बगल में एक लड़की आकर बैठ गई। मैं खुद में सहमा सा रह गया। और फिर से अखबार खोल लिया। उसने भी अपने बैग से एक किताब निकाल ली और पढ़ना शुरू कर दिया। मैं बड़ी हिम्मत जुटाकर उसकी किताब की तरफ नजर बचा कर देख रहा था। किताब अंग्रेजी में थी। और मैं हिंदी का अखबार पढ़ रहा था। न जाने क्यूँ मेरे मन में आज के समय में अंग्रेजी के महत्व और मेरे खुद का अंग्रेजी के अल्प ज्ञान और पूर्ण रूप से न समझ पाने की कमी से एक हीन भावना पैदा होने लगी। मैंने अखबार समेट कर बंद कर दिया और वह लड़की ध्यान मग्न होकर पढ़ रही थी। उसके चेहरे से जो भाव छलक रहे थे वे कुछ-कुछ मुझे चिढ़ा से रहे थे। अंग्रेजी में पढ़े या हिंदी में या फिर किसी भी भाषा में, व्यक्तित्व में निखार तो सही ज्ञान से ही मिलेगा। शिक्षित व्यक्ति को विनयशील ही होना चाहिए। जो उसके उच्च विचारों और भावों को प्रकट कर सके। अधूरा और अल्पज्ञान हमेशा ही भ्रम की स्थिति ही पैदा करती है, ऐसा मैंने भी किसी किताब में पढ़ा था। ऐसी ही असमंजस वाली स्थिति मेरे साथ भी थी। आज के समय में मैं वहाँ पर खड़ा हूँ जहाँ पर मैं अनपढ़ों से एक कदम आगे और पढ़े-लिखों से एक कदम पीछे हूँ। गाँव के प्राथमिक विधालय से पाँचवी पास कर मैं छठी में पहुँचा तो मेरे साथ के सभी दोस्तों ने पास के राजकीय इंटर कॉलेज में दाखिला ले लिया। तब छठी से ही अंग्रेजी की पढ़ाई शुरू होती थी। वहाँ की पढ़ाई और व्यवस्थायें अच्छी बताई जाती थी। वहाँ तीन-चार सौ बच्चे पढ़ते थे। मगर मैं वहाँ नहीं पढ़ सका। मैंने गाँव के ही उच्च प्राथमिक विद्यालय में दाखिला ले लिया। घर वालों के मन में ये

          सहन की पराकाष्ठा

बात घर कर चुकी थी कि वहाँ जाकर बच्चे जल्दी ही बिगड़ जाते है। बुरी संगत में पड़कर बुरी आदतों में भी पड़ जाते हैं। सबसे बुरी आदत स्कूल न जाकर इधर-उधर छिप के रहने की आदत। हाँ ये बात कुछ हद तक सही भी थी। कुछ बच्चे कुसंगत और सही दिशा-निर्देशों की कमी में ये बुरी आदतें पकड़ लेते थे। मेरा निजी अनुभव भी रहा है जिसे मौज-मस्ती के नाम से शुरू किया वही बाद में लत भी बन जाती है। मगर इस बात से भी इनकार नहीं किया जा सकता कि बड़े माहौल में मानसिक विकास का और वो भी प्रतियोगिता के साथ आगे बढ़ने के कई रास्ते भी खुलते हैं। ऐसा कैसे हो सकता है की हम बिना चले ही सुरक्षित रास्ते का ही चुनाव करें और फिर चलना शुरू करें। सही और सुरक्षित दिशा के चुनाव में हम न जाने कितने ही सफलता के मौके गवाँ देते हैं जिस पर बाद में पछताने के सिवा हमारे हाथ में कुछ नहीं रहता। मैं उस दिन बहुत रोया जिस दिन मुझे गाँव के ही स्कूल में पहले दिन जाना पड़ा। मैं उस दिन को अपने स्वभाव परिवर्तन में नींव की ईंट मानता हूँ। जिसने मुझे हमेशा के लिए हर बात पर सकारात्मक और नकारात्मक भेद करने में उलझाये रखा। उलझन दिख रही थी .....हिंदी, अंग्रेजी को लेकर, बगल में बैठी लड़की को लेकर एक संकोच सा पैदा होना, स्वयं को कमतर आंकने की आदत ......। सुलझने का मार्ग तो जरूर होता होगा मगर मुझे दिखा नहीं था।

मेरी ये मनोस्थिति कुछ तो पहले से थी और इसे बढ़ावा देने में सबसे बड़ा योगदान मेरा कार्यस्थल दे रहा था। मैं जिस कार्यालय में काम करता। वहाँ जब मैं पहली बार गया था तो मैं सबसे ज्यादा खुश इस बात को लेकर था कि मैं अब शिक्षित लोगों के बीच रहने वाला था। मुझे इस बात का अंदाजा बिल्कुल भी नहीं था कि यहाँ भी मैं अपने-आप को ही नहीं बल्कि अपने जैसे सभी चतुर्थ श्रेणी कर्मियों को इस तरह से उपेक्षित ही पाऊँगा। मेरे मन को यहाँ के लोगों की व्यहारिकता ने गहरा आघात पहुँचाया। मैं इस बात पर सोचता कि यदि मुझे केवल शिक्षित और केवल अच्छे इंसान, भले ही वह अनपढ़ या अल्प शिक्षित ही क्यों न हो, में से किसी एक के पक्ष में खड़ा होने को कहा जाये तो मुझे किसकी तरफ जाना चाहिए।

चलो ......आगे कार्यालय के लोगों की व्यहारिकता से परिचय कराता हूँ।

नियमित चलने की वजह से मुझे बस से उतरकर, सड़क पार करके, पैदल-

पैदल दफ्तर तक पहुँचने में सिर्फ पाँच मिनट ही लगते थे। जब दफ्तर के अहाते में पहुँचा तो देखा की अपने कार्यालय की दो गाड़ियाँ पार्किंग में पहले से मौजूद हैं। पहचान भी गया कि किस-किस की है। एक तो मुख्य कार्यकारी अधिकारी महोदय की थी और दूसरी संपत्ति प्रबंधक महोदय की। जब मैं कार्यालय अहाते से मुख्य द्वार की तरफ जा रहा था तो उस समय अहाते के साथ लगे छोटे से पार्क में खड़े होकर संपत्ति प्रबंधक, कर्नल गुंजाल, पार्क में काम कर रहे माली अवतार पर बरस रहे थे। सुन तो मैं भी रहा था लेकिन मैं बिना उनकी तरफ देखे ही सिक्यूरिटी में तैनात झा जी से धीरे से राम-राम बोलकर दफ्तर के अन्दर चला गया। झा जी ने भी जवाब बहुत धीरे से ही दिया। गुंजालसाब के व्यवहार से सब वाकिफ थे। कब किस पर बिन बात के बरस पड़ेंगें कोई नहीं जानता था।

मैंने जल्दी से पानी का गिलास ट्रे में लगाया और मुख्य कार्यकारी अधिकारी महोदय के केबिन की तरफ चल दिया। धीरे से केबिन का दरवाजा खोला और गुड मॉर्निंग बोलते हुए अन्दर चला गया। उनका ध्यान कंप्यूटर स्क्रीन पर था। जब मैं पानी का गिलास उनकी मेज पर रखकर पीछे मुड़ा तब उनका जवाब मुझे सुनाई दिया ......गुड मॉर्निंग भैय्या। मुझे अच्छा लगा। उन्होंने बड़े प्यार से जवाब दिया था। मैं और चाहता ही क्या था सिवाय अच्छे व्यवहारके। दफ्तर में दिन की शुरूआत सम्मान से होने के विचार से दिन के अच्छे गुजरने की उम्मीद बढ़ गई थी। मेरे मन में पदों के बीच के अंतर और सम्मानित व्यहारिकता को लेकर कई बातें जागने लगी। मानवीय मूल्यों के बारे में सोचने लगा। तभी मेरे मन में बस में बगल की सीट पर बैठी उस लड़की की पुस्तक की उस पंक्ति का खयाल आया जिसे मैंने नजर बचा कर पढ़ा था। अंग्रेजी के अल्पज्ञान के कारण सशब्द तो नहीं कह सकता लेकिन उसका सार समझ गया था ......मनुष्य किसके सहारे जीता है? और जिसका जवाब था प्यार। मनुष्य प्यार के सहारे ही जिन्दा रह सकता है। मेरे मन में भी उस पुस्तक का नाम जानने और पुस्तक को पढ़ने की जिज्ञासा तेज होने लगी थी।

मैं प्रशन्नचित्त होकर बड़े ही भक्ति भाव से पैंट्री को दिन भर की व्यवस्थाओं के लिए तैयार करने में जुट गया। बड़ी ही तल्लीनता के साथ। तभी मेरे कानों में पड़ी तीखी और गुस्से से भरी आवाज ने मुझे पीछे मुड़ने पर मजबूर कर दिया। मेरे पीछे कर्नलसाब खड़े थे। ....गुड मॉर्निंग ....तुम्हें तो शर्म आती है

          सहन की पराकाष्ठा

ना कहने में। कर्नलसाब मुझे आँखें दिखा रहे थे। मैंने गर्दन झुकाकर उनका अभिवादन किया लेकिन वो तो फिर भी ....क्या समस्या है तुम्हारी? वे बड़े ही जोर से बोले। मैं चुप ही था। अब वो भी चुप हो गये। सुबह-सुबह .....कार्यालय कर्मी आ रहे थे ......सभी सुन भी रहे थे। कोई कुछ नहीं बोला। मैं अवाक सा रह गया। मैं समझ ही नहीं पाया कि क्या जवाब दिया जाय। कर्नलसाब अपने केबिन में चले गये लेकिन मैं अपनी कंपकंपी को संभालता मूर्ति बना खड़ा ही रह गया। थोड़ी देर बाद मेरा ध्यान इस बात पर उलझ गया की आखिर कैसे स्वाभिमान के साथ नियम कानूनों में बँध कर जीवन का एक लम्बा समय बिताने वाला व्यक्ति निजी क्षेत्र में आकर अव्यहारिक स्वभाव अपना सकता है? कैसे व्यपारिक घरानों की चापलूसी, चमचई कर सकता है? कैसे हेराफेरी को बढ़ावा देने की हिम्मत जुटा लेता है? मैं अपने ही सवालों से जूझता रहा। हाँ .....एक और वाकया याद आ रहा है वो भी बता देता हूँ। .....इंटरकॉम के जरिये, मिस दत्ता, जो कि रिसेप्सनिस्ट थी, उन्होंने बताया कि पैंट्री में जितने भी चपरासी हैं सबको कर्नलसाब अपने केबिन में बुला रहे हैं। उस समय मैं और मेरा एक साथी सहकर्मी वहाँ पर मौजूद थे। हम दोनों ही उनके केबिन में गये। मुझे आज भी विश्वास नहीं होता जो हुआ, जो सुना, क्या वो सच था। उस दिन दरअसल में कर्नलसाब को परेशानी इस बात से थी कि कार्यालय के चतुर्थ श्रेणी कर्मी भी उन्ही कपों में चाय पीते हैं जिन पर कार्यालय का नाम छापा गया है। उनका कहना था की कार्यलय का नाम छपे कपों का इस्तेमाल केवल एक्जिक्यूटिव स्टाफ के लिए है, न कि चतुर्थ श्रेणी कर्मियों के लिए। वो हमें घूरते हुए कह रहे थे कि .....कोई भी ड्राइवर, सफाईकर्मी, सिक्यूरिटी गार्ड, चपरासी, उन कपों का इस्तेमाल नहीं करेगा। मिस दत्ता से कहकर इन सबके लिए अलग से कप मँगाने के लिए कहो। मैंने खुद देखा है ....सब इन्हीं कपों का इस्तेमाल करते हैं और तुम लोग देखते रहते हो ......सबको मना करो .....क्या करते हो तुम लोग ..... रखा किस लिए है तुम्हें? कर्नल साब ने अपनी बात कही। मेरे लिए ये बात थी तो असहनीय मगर फिर भी मैं शांत रहा। केवल इतना ही कहा ......कोई बात नहीं सर इस्तेमाल करते हैं तो हम साफ़ करके रखते भी है। मेरी बात से कर्नलसाब ऐसे भड़के जैसे कि शांत पड़े साँप की दूम पर किसी ने पाँव रख दिया हो। .....कैसे कोई बात नहीं है? गुस्से में चिल्लाते हुए कुर्सी के हत्थे पर हाथ रखकर इस तरह

उठे की मुझ पर झपट ही पड़ेंगे । बस हाथ उठाया मगर चलाया नहीं । इतनी ही कसर रह गई थी । तभी मेरा सहकर्मी बीच में बोल पड़ा ......आप शांत हो जाइये सर मैं बोलता हूँ सभी को अभी । मेरा सहकर्मी मुझे केबिन से बाहर ले आया । मेरी हालत ऐसी हो गई थी कि जैसे लकवा मार गया हो । न तो उस समय मुझे कुछ स्पष्ट सुनाई दे रहा था, न दिखाई । मैं पैंट्री में आकर चुपचाप एक तरफ खड़ा हो गया । उस समय मुझे खुद पर भी गुस्सा आ रहा था कि ......विरोधी स्वभाव रखता तो हूँ मगर सही तरीके से जता नहीं पाता मैं खुद को कमजोर महसूस करने लगा था । विरोध के वजाय मैं खुद ही काँपने लगा । कुछ लम्बी साँसे भरकर मैंने अपने को संयत किया । मेरी दिमागी उधेड़बुन फिर से शुरू हो गई । मुझे किसी पुस्तक में पढ़ी गाँधी जी की एक बात का ध्यान आ गया .... पाप से घृणा करो पापी से नहीं । और मेरे संस्कार भी मुझे आग में घी डालना नहीं सीखाते । कर्नलसाब ने पदों के बीच के अंतर को आधुनिक युग में ऊँच-नीच का नया संस्करण बना दिया था । अपने ही जैसे इंसानों को अपने से नीचे देखने में कौन सा आनंद मिलता होगा ? मैं सहनशीलता और असहनशीलता को गुंथता ही रह गया । मेरे सहकर्मी ने ही उनकी बात को आगे बढ़ाया । उस दिन के बाद से कभी भी मैं कर्नलसाब के लिए अपना दृष्टिकोण सामान्य नहीं रख पाया । खैर इस बात को कुछ महीने हो चुके थे । बुझा-बुझा सा मैं अपना काम करने लगा ।

दस बजे के आसपास का समय रहा होगा जब मिस ठाकुर ने पैंट्री में फोन किया । मैं उस समय पैंट्री में अकेला था । साथी सहकर्मी किसी न किसी काम में व्यस्त थे । मैं मिस ठाकुर के पास गया और सिल्वर फ़ाइल में लिपटा पराठा लेकर वापस पैंट्री में आ गया । इसी बीच मिस दत्ता ने भी फोन किया और मैं उनके कहे मुताबिक़ कार्यालय में आये आगंतुकों के लिए चाय कॉफ़ी की व्यवस्था करने में जुट गया । तब तक मेरे दो सहकर्मी भी पैंट्री में आ चुके थे । सी.ई.ओ. सर भी मीटिंग रूम में पहुँच चुके थे । चाय-कॉफ़ी और नमकीन-बिस्किट की ट्रे लेकर वे दोनों मीटिंग रूम में चले गये । और मैं मिस ठाकुर के लिए पराठा गर्म करके चाय बना ही रहा था कि वे अपनी सीट से उठकर ही आ गई । आते ही ऊँची आवाज में बोली ......आज की डेट में दोगे या नहीं ? मैंने सहमी सी आवाज में थोड़ी सी देरी होने की वजह की सफाई दी । मगर उन्होंने कुछ भी सुनने से मना कर दिया । मुझ पर आँखे बड़ी करके, चेहरे के भाव बिगाड़ते हुए गुस्सा दिखाया ......ज्यादा

सहन की पराकाष्ठा

स्मार्ट बनाने की जरूरत नहीं है। बोलती हुई अपने केबिन की तरफ चली गई। मैं चुप ही रहा। मेरी समझ में सही शब्द आये ही नहीं कि क्या जवाब दिया जाये। जब मैं उनके केबिन में पहुँचा तो वे मुझे घूरती ही रही।

मिस ठाकुर इस कार्यालय में मानव संसाधन प्रबंधक के पद पर थी। तजुर्बों से परिपक्व अधेड़ उम्र की महिला। मुझे कभी भी उनकी व्यहारिकता समझ नहीं आयी। इस कार्यालय में उनकी व्यहारिकता मानवीय मूल्यों का खयाल रखने वाली तो नहीं ही कही जा सकती थी। खासतौर पर इस कार्यालय के अकुशल और अर्धकुशल कर्मियों के लिए तो बिल्कुल ही नहीं। वैसे तो उनका व्यवहार किसी के भी साथ कुछ अच्छा नहीं था फिर भी अच्छी अंग्रेजी बोलने वाले, शिक्षित कहाने वालों से तो जवाब तलब होता था मगर चतुर्थ श्रेणी के अल्पशिक्षित कर्मियों को हमेशा ही नजर अंदाज कर दिया जाता था। अपनी वैचारिक उथल-पुथल के साथ मैं चुपचाप पैंट्री के एक कोने में काफी देर तक खड़ा ही रहा। मिस ठाकुर की सोच से तो मैं उस दिन दंग ही रह गया। ...... दीवाली से दो दिन पहले की बात थी। दीवाली पार्टी के लिए कार्यालय के बाहर का पार्क सजाया जा रहा था। टेंट लगाने की तैयारी चल रही थी। सभी चतुर्थ श्रेणी कर्मी लगे हुए थे। कार्यालय को भी सजाया गया था। कम्पनी समूह से जुड़े सभी कार्यलयों के कर्मचारियों को पार्टी में शामिल होने के लिए आधिकारिक तौर पर ई-पत्र भेजे गये थे। सभी को आयोजन की जानकारी दी गई थी। दीवाली के मौके पर आयोजित समारोह में शामिल होने के लिए परिधान विशेष में आने के बारे में भी कहा गया था। पार्टी समापन के बाद घर जाने के लिए की गई व्यवस्था के बारे में भी अवगत कराया गया था। नृत्य, कुछ खेल और आतिशबाजी के साथ सभी के लिए खाने को भेल-पूड़ी, चाट-पापड़ी, दही-भल्ले, छोले-भटूरे और भी इसी तरह के कई स्टाल लगाने की तैयारी चल रही थी। शाम तक सारी तैयारियाँ पूरी कर दी गई थी। मगर किसी भी चतुर्थ श्रेणी कर्मी को चाहे वह इस कम्पनी की किसी भी शाखा में कार्यरत क्यों न हो किसी भी प्रकार से आधिकारिक तौर पर दीवाली समारोह में शामिल होने को नहीं कहा गया था। लोगों का जुटना शुरू हो गया था। सुविधा का ध्यान रखते हुए अतिरिक्त सुरक्षा कर्मियों को जनशक्ति प्रदाता कम्पनी से बुलाया गया था। जब मैं और मेरे साथी पार्टी परिसर के गेट पर पहुँचे तो सुरक्षा में तैनात झा जी ने हमें

रोक दिया। जब मैंने उनसे रोके जाने की वजह पूछी तो वे बड़े ही रुआँसे से हो गये। बड़े ही शर्मिंदगी से भरे हुए लहजे में बोले ......ये देखिए मिस ठाकुर ने एक सूची दी है, जिसमें सभी चपरासियों, सफाई वालों, ड्राइवरों के नाम है। और कहा है कि इन्हें टेंट में अन्दर मत आने देना। इन्हें अलाउड नहीं है। गेट के पास ही टेबल पर रखी खाने की प्लेटों की ओर इशारा करते हुए बोले ......कह गई हैं जो भी आएगा उसे एक प्लेट उठाकर दे देना। ये सब सुनकर मैं हक्का-बक्का रह गया। गुस्सा भी बहुत आ रहा था। मेरा पूरा शारीर काँपने लगा। साथ के सहकर्मी भी कुछ समझ नहीं पा रहे थे। सभी के लिए ये बात असहनीय थी। मुझे तो ऐसा लगा जैसे की किसी ने मेरे मुँह पर थूक दिया हो और मैं उसका किसी भी प्रकार से प्रतिकार करने में असक्षम था। क्या इस तरह की अव्यवहारिकता अछूत का नया संस्करण है? हम किस तरह के पढ़े-लिखे शिक्षित लोगों के बीच काम कर रहे हैं? ऐसा करना .....वो भी दीवाली...त्यौहार के मौके पर? पदक्रम के आधार पर कैलेण्डर में त्यौहार अलग-अलग तो नहीं? आखिर क्या सोच रही होगी? जिनके साथ काम करते हैं क्या उनके साथ त्यौहार की खुशियाँ नहीं मनाई जा सकती? नौकरी में सहनशीलता की हद पार हो गई। जो जैसा देखता सुनता है उस पर उन सब बातों का प्रभाव जरूर पड़ता है। मुझे इस बात ने घेर लिया की कहीं मैं भी इस तरह की तुच्छ मानसिकता का शिकार न बन जाऊँ।

गुमसुम सा खड़ा, वॉशबेशन में झुका हुआ, जूठे कप धो रहा था कि काँधे पर थपकी देते हुए धीरज सर बोले ......हाँ भई...क्या चल रहा है? मैंने सर झुकाकर, जबरदस्ती की मुस्कान चहरे पर लाकर, उनकी तरफ मुड़कर उन्हें अभिवादन किया। पैंट्री के साथ वॉशरूम सटा हुआ था। धीरज सर उसी के खुलने का इन्तजार कर रहे थे। वॉशरूम से मिस वृषाली निकली और मासूमियत भरे प्रशन्नचित्त चेहरा बनाते हुए मुझसे बोली ......प्लीज मुझे एक कप स्ट्रोंग कॉफ़ी बनाकर दे दो। उन दोनों के व्यवहारसे मेरा उखड़ा हुआ मूड फिर जरा पटरी पर आ गया। थैंक्यू...गॉड ब्लैस यू ....तुम जिओ हजारों साल। मिस वृषाली ने मुझ से कहा जब मैं उनके लिए कॉफ़ी लेकर उनके केबिन में पहुँचा। मुझे बहुत अच्छा लगा मगर बिना सोचे समझे मेरे मुख से एक निराशा भरी बात भी निकल गई। ....लम्बी उम्र की दुआ न कीजिए मैडम .....पहले से ही मेरी लाइफ और दिमाग दोनों ही संघर्षों से घिरे हुए हैं। उन्होंने आँखें सिकोड़ते हुए मेरी तरफ

        सहन की पराकाष्ठा

देखा। और शायद यही सोचा होगा कि ....इसे क्या हो गया ? फिर जल्दी ही रूठे बच्चे की तरह मुस्करा दी। मैं उनके कमरे से बहार निकल आया। मुझे उस समय बहुत ही बुरा लगा कि मैंने भले ही साधारण तरीके से ये बात कह दी हो मगर अच्छा विचार रखने वाले को किसी से भी इस तरह की खीन्नता भरी बात करना कहाँ तक उचित है ? कहीं मैं भी अव्याहारिक तो नहीं होता जा रहा हूँ ? क्या मुझ पर भी देखे-सुने का असर पड़ने लगा है ? मैं खुद से ही कई सवाल पूछने लगा।

मिस वृषाली का अपना अलग ही व्यक्तित्व था। अपना जीवन अपने ही द्वारा तय मानकों पर जीना उनका अपना मिजाज था। अगर मैं अपने शब्दों में कहूँ तो वे नियम सिद्धांतों में खुद भी बँधे रहने में विश्वास करती थी और दूसरे भी नियमों में बँधे रहें इस बात पर जोर भी देती थी। उनके स्वभाव को लेकर मेरा तो उनके प्रति यही विचार था। कार्यालय में होने वाले कामों की गुणवत्ता की देख-रेख उन्हीं के हाथों में थी। नियम कानूनों को लेकर वे कुछ ज्यादा ही सख्त मिजाज थी। जिस कारण कार्यालय के कई लोग उन्हें कुछ खास पसंद नहीं करते थे। कई छोटी-छोटी बातों पर उनका कभी-कभी हद से ज्यादा सख्त मिजाज मुझे भी अच्छा नहीं लगता था। इतना कह सकता हूँ कि यहाँ के माहौल के चलते उन्होंने भी अपने कुछ नैतिक गुणों का ह्रास किया था। मुझे याद है मिस वृषाली ने अपने जन्म दिन वाले दिन जब केक काटा था, तो खुद ही अपने हाथों से मुझे भी दिया था, और मुझसे कहा था, पहले आप खुद लीजिए और फिर सब में बाँट देना। मैं काफी हिचकिचाया था क्योंकि इस कार्यालय में इस तरह का सम्मान देखने को मिले, बहुत दूर की बात थी। मुझे उनका समरसता भरा व्यवहारअच्छा लगा था। खैर केक तो मैंने तब भी नहीं खाया था। उनके व्यवहार से मैं इतना खुश हुआ कि ये पूछना तक भूल गया कि केक एगलेस है की नहीं। क्योंकि मैं शाकाहारी हूँ। ऐसे खाद्य से मुझे परहेज ही रहता था। सच कहूँ तो बस इतना ही तो चाहता था मैं स्वयं के लिए ही नहीं बल्कि सभी के लिए, समानता, समरसता और सम्मानित व्यहार।

मैं पैंट्री में खड़ा बाहर सीढ़ियों की तरफ मुड़ा तो मुझे मिस्टर बर्धन आते हुए दिखे। मैं आगे बढ़ा और उन्हें नमस्ते किया। उन्होंने भी नमस्ते का जवाब नमस्ते ही दिया मगर मुझे उनका लहजा डाँटने जैसा लगा। मुझे ही उस दिन सभी के व्यवहारमें एक तीखापन लग रहा था या सच में था। मैं कुछ समझ नहीं पा रहा

था। अपने खुद के व्यवहारमें भी मैं एक अजीब सा सहमापन और घबराहट सी महसूस कर रहा था। कार्यालय में सबसे बुजुर्ग व्यक्ति थे बर्धन साब। इस बात का लिहाज सब रखते भी थे। उनकी बात करने की शैली पूरी तरह से चपलता से भरी हुई थी। अपनी बात मनवाना ही उनकी सबसे बड़ी और मुख्य विशेषता थी। रिशेप्सन पर लगी साई की मूर्ति के सामने वे शीश नवाकर अपने केबिन की तरफ चले गये। पैंट्री के फोन की घंटी बजी, जब मैंने उठाया तो बड़े ही रूखे स्वर में मिस दत्ता ने मुझे धीरज सर के पास जाने के लिए कहा। धीरज सर ने मुझे पेपर का बड़ा सा बण्डल पकड़ाते हुए फाइल करने के लिए दे दिया। मैं उनके केबिन से पेपर लेकर, उनके ही केबन के बाहर की खाली टेबल पर आ गया। कागजों को एक सुनिश्चित क्रम में लगाने लगा। जिस टेबल पर मैं काम कर रहा था, उस टेबल पर बर्धन साब के केबिन से भी नजर पड़ती थी। क्योंकि सभी केबिनों की दीवारें पारदर्शी शीशे से बनी थी। मेरा एक सहकर्मी जो उस समय बर्धन साब के केबिन में था, बर्धनसाब ने उसे मेरे पास भेजकर मुझे बुलाया। जब मैं उनके केबिन में पहुँचा तो उन्होंने एक सेल्फ का चेक मेरी तरफ बढ़ाया और मुझे तुरंत बैंक से पैसे निकाल कर लाने को कहा। सर .....मैं जरा अभी धीरज सर का काम कर रहा हूँ किसी और को भेज दूँ .....मेरे मुँह से इतना सुनते ही वे आगबबुला होकर, काँपते हाथ मेरी तरफ बढ़ाकर, मुझ पर चिल्ला पड़े .....नहीं चाहिए आपकी मेहरबानी, हम खुद चले जायेंगे। सब कुछ इतनी जल्दी हुआ कि मैं ये भी नहीं समझ पाया की आखिर मैं ऐसा क्या कह गया ......और क्या सुन लिया। मैं उनके केबिन से निकलकर चुपचाप बैंक की तरफ चला गया।

कार्यालय के व्यहारिक अनुभव ने मुझमें एक अजीब सी निराशा भर दी थी। मानसिकता भी कुछ-कुछ निराशावादी बनती जा रही थी। मन में अच्छे विचार तो नहीं, बुरे विचार जरूर आने लगे थे। एक अच्छा विचार हजारों अच्छे विचारों को जन्म देता है और एक बुरा विचार हजारों बुरे विचारों को। स्वयं को संयमित करने के लिए मैं इस विचार पर विचार करने लगा। ये बात मैंने किसी किताब में पढ़ी थी। बर्धन साब से जुड़ा एक और .....उस दिन का वाकया मुझे बड़ी अच्छी तरह याद था। उस दिन उनके आने के थोड़ी देर बाद जब मैं उनके केबिन में कुछ कागजों पर हस्ताक्षर करवाने के लिए पहुँचा तो वे उस समय फ़ोन पर किसी को नौकरी पर लगाने की बात कर रहे थे। उनके हाथ में कुछ कागज़

                                                    सहन की पराकाष्ठा

भी थे। उन्होंने जब फोन को अपनी जगह पर रखा और हाथ के कागज को टेबल पर, तो मैंने भी हस्ताक्षर के लिए अपने हाथ के कागज उनके सामने रख दिए। जो कागज उन्होंने अपने हाथ से टेबल पर रखे थे वे किसी साहिल के बायोडाटा का थे। सही मौका जान मैंने भी अपने भाई के बारे में उनसे कहा .....सर कहीं लगा दीजिए मेरे भाई को भी, आजकल बिल्कुल खाली है, टेक्नीकल का कोर्स किया है। ठीक है, उसका बायोडाटा लाकर दो मुझे .....उन्होंने जवाब दिया। मैं तो सभी से निवेदन करता रहता था। इसी वजह से भाई का बायोडाटा मेरी जेब में ही था और तुरंत मैंने उन्हें दे दिया। .....अच्छा ठीक है ....कहीं बात करता हूँ .....मुझे एक कॉफ़ी दे दो, उन्होंने मुझसे कहा। बर्धन साब का हुक्म लेकर मैं उनके केबिन से बाहर चला आया। जब कॉफ़ी लेकर मैं उनके केबिन में पहुँचा तो उस समय वे किसी से फोन पर बात कर रहे थे। उनकी बातें मैंने भी सुन ली। मुझे बड़ी हैरानी हुई उनकी बातें सुनकर ....हाँ-हाँ हमारे यहाँ चपरासी है .... उसी का भाई है .....देख लेना। फोन को यथास्थान रखकर उन्होंने मुझसे कहा ....अखिल जी से बात की है .....बुलायेंगे तुम्हारे भाई को .....उससे कहना तैयारी करके जाए। बहुत-बहुत धन्यवाद सर कहकर मैं उनके केबिन से बाहर आ गया। अखिल जी को मैं भी जनता था। इस कार्यालय में टेक्नीकल विभाग में मुख्य प्रबंधक थे। इसी कार्यालय की दूसरी शाखा में। उनके टाल-मटोल वाली आदत से मैं भी कुछ-कुछ वाकिफ था। इस बात को काफी दिन बीत गये और बात दब गई। एक दिन जब अखिल जी कार्यालय में आये हुए थे, तो मेरी नजर उन पर पड़ गई। मैंने सीधे उन्ही से पूछने का मन बनाया। फिर पूछ ही लिया। जिस जवाब का अंदाजा मैंने लगाया था करीब-करीब वही जवाब मिला भी ...... देखो इतनी जल्दी नहीं होता भई ...प्रवेश जी के पास भेजा था मैंने बायोडाटा ......बुलाया नहीं उन्होंने ? ....रुको अभी फोन करके याद दिलाता हूँ उन्हें। प्रवेश जी, अखिल जी के विभाग में ही प्रबंधक के पद पर थे। उनकी आपस में बातें हुई। फिर अखिल जी ने मुझसे कहा की कल सुबह दस बजे अपने भाई को उनके पास भेज देना। इस बात पर मैंने भी उनका आभार जताया। सुबह दस बजे से शाम छ: बजे तक मेरा भाई प्रवेश जी के दफ्तर के बाहर बैठा रहा। न तो प्रवेश जी ने उसे अपने पास बुलाया, न ही कोई साक्षात्कार हुआ। शाम छ: बजे खुद प्रवेश जी भी दफ्तर से चले गये। दिन भर मेरे भाई को प्रवेश जी ने मूर्खों की

तरह बिठाये रखा। शाम को घर पहुँच कर मेरे भाई ने ही मुझे बताया था। अगले दिन मिस दत्ता के पास मेरे लिए प्रवेश जी का फोन आया। फोन उन्होंने पैंट्री में ट्रांसफर कर दिया। प्रवेश जी फोन पर मुझ पर ही बरस से पड़े .....कल तेरा भाई बिना मिले ही .....बिना बताएँ ही चला गया .....नौकरी करने की इच्छा है की नहीं उसकी? .....काम करने की इच्छा होगी तो कल भेज देना मेरे पास। मुझे तत्काल कोई जवाब सुझा ही नहीं सिर्फ धन्यवाद कहकर फोन रख दिया। दुबारा भेजने की इच्छा तो नहीं थी। फिर भी शाम को घर आकर जैसे-तैसे भाई को दोबारा जाने के लिए मनाया। दोबारा मिलकर आने पर, भाई ने ही मुझे बताया की यहाँ कुछ नहीं हो सकता। बस टालमटोल करने वाली बात थी। मैं केवल सुनता रहा बोला कुछ भी नहीं। काफी दिन बाद एक दिन अचानक मेरा और प्रवेश जी का आमना-सामना हो गया। मैंने पूछ ही लिया .....कुछ हुआ सर? उनका जवाब सुनकर मेरा मुझ पर ही काबू पाना मुश्किल सा हो गया। लेकिन फिर भी काबू में ही रहा। ......एक तो उसे नॉलेज नहीं, एटीट्यूड भी ठीक नहीं, फिर भी मैंने पास कर भी दिया तो सी.ई.ओ. सर फेल कर देंगे। ऐसा है ना जबरदस्ती गधे को घोड़ा तो नहीं कह सकते ना। इस सारे प्रकरण की शुरूआत तो उसी दिन से हो चुकी थी जब बर्धन साब ने अखिल जी को ये बताया की बायोडाटा चपरासी के भाई का है। अखिल जी चाहते तो खुद बुला कर पास-फेल कुछ भी कर सकते थे। मगर उन्होंने प्रवेश जी के पास भेज कर टाल दिया। प्रवेश जी के बारे में क्या कहें वे तो गधे-घोड़े की बात करने लगे। मैं इस बात से हैरान था कि आखिर मेरा कार्यक्षेत्र कैसे मेरे भाई की योग्यता के सामने परेशानी बन सकता था? आखिर इन सब लोगों ने ये कैसे सोचा की चपरासी का भाई उन लोगों के बीच काम करने के योग्य नहीं हो सकता? इस प्रकरण की सारी कड़ियों को जोड़ने पर सिवाय दुःख के मुझे कुछ भी नहीं मिला। बैंक की तरफ जाने से लेकर वापस आने तक यही बात मुझे याद आती रही और कचोटती रही। जब पैसे बर्धन साब के हाथ में देने लगा तो वे फिर उसी लहजे से बोले ......बड़ी मेहरबानी आपकी .....बहुत बड़ा एहसान किया है आपने हम पर। ये बातें सुनकर मेरे शरीर में जैसे हजारों सुईयाँ चुभने लगी। परन्तु मैंने खुद को सहनशील बनाये रखा। क्षत्रीय अगर सहनशीलता की अति तक पहुँच जाता है तो वह सहनशील नहीं कायर बन जाता है। ये बात भी मैंने किसी पुस्तक में पढ़ी

 सहन की पराकाष्ठा

थी। जो मुझ पर व्यंग की तरह प्रकट होकर मुझे कचोट रही थी। जो मुझे याद आ रही थी। मैं फिर से फैलाए कागजों को समेटने लगा। जल्दी-जल्दी अपना काम ख़त्म करने लगा।

दोपहर एक बजे के आस-पास का समय था। मिस ठाकुर, कर्नल साब और बर्धन साब एक ही साथ, एक ही टेबल पर दोपहर का खाना खाते थे। मैं उनकी टेबल सजाने लगा। दूसरे के काम में गलतियाँ निकालना भले ही कोई गलती न हो फिर भी भड़क जाना तीनों की आदत थी। और उस दिन तो मुझे इस बात की कुछ ज्यादा ही सम्भावना थी। मैंने खाना लगा दिया था। तीनों बैठे थे। जब खाना लगाकर दोबारा पानी लेकर अन्दर गया तो बस इतना ही सुन पाया ......कुछ ज्यादा ही स्मार्ट बनता है .....ठीक करना पड़ेगा। मुझ पर नजर पड़ते ही बात बदल दी गई। संसद से सड़क तक चल रहे असहनशीलता के मुद्दे पर बात होने लगी। कांग्रेस की तारीफ़ होने लगी और मौजूदा बीजेपी सरकार की बुराई। मैं फिर से सुनी हुई बात को खुद से जोड़कर देखने लगा।

केवल बड़ी-बड़ी डिग्रीयाँ और डिप्लोमा हासिल करने से ज्यादा बेहतर एक अच्छा इंसान होना है ....ऐसी बातों को मन में लाकर मैं खुद को संयत करने में लग गया। दुनिया में हम सब शिष्य ही तो हैं, हाँ जीवन परिचय में पढ़ाई लिखाई का सर्टिफिकेट दूसरों को प्रभावित जरूर करता है। ऐसा ही कुछ मैंने किसी पुस्तक में पढ़ा था। यही बात मेरे मन पर छाने लगी थी। इसी के साथ मुझे क्रिसमस का वो वाकया भी याद आने लगा।

बाईस दिसम्बर को दफ्तर पूरी तरह से सजाया जा चुका था। रिसेप्शन के पास क्रिसमस का पेड़ लड़ियों से चमचमा रहा था। पच्चीस को छुट्टी की वजह से चौबीस को त्यौहार मनाये जाने का कार्यक्रम था। सभी स्टाफ के नामों की लिस्ट निकाली गई थी। चतुर्थ श्रेणी कर्मियों को छोड़कर। नामों की लिस्ट को काट कर पर्चियाँ बना कर एक काँच के डिब्बे में रख दी गई। एच.आर. टीम की मिस गरीमा को इस डिब्बे को लेकर एक-एक कर सभी के पास जाना था। सभी को उसमें से एक पर्ची निकालनी थी। जिसके पास जिसका भी नाम आयेगा उसे उसको सीक्रेट सेंटा बनकर कुछ उपहार देना था। किसने किसके नाम की पर्ची निकाली इस बात को गुप्त ही रखना था। इस बात का खुलासा क्रिसमस के अगले दिन नोटिस बोर्ड पर लिस्ट लगाकर होना था। इस खेल से त्यौहार को

मजेदार तरीके से मनाने के साथ-साथ आपस में मेलजोल बढ़ाने के उद्देश्य से भी आयोजित किया जा रहा था। बाईस तारीख़ को इसलिए किया जा रहा था ताकि सभी को तेईस तारीख को एक दिन का मौका मिलने वाला था कुछ खरीदने का। जब मुझे इस बात के बारे में मालूम हुआ तो मुझमें एक खिन्नता पैदा होने लगी। क्या चतुर्थ श्रेणी कर्मियों से मेलजोल बढ़ाने की भावना किसी में भी नहीं थी? मेरे मन में विरोधी और प्रतिकारी विचार उठने लगे। ... क्षत्रीय संयम खो देने के लिए भी कुख्यात रहे हैं। उनका मानना था कि अधिक संयम व्यक्ति को कायर बना देता है। ऐसी ही कुछ बातें मैंने किसी पुस्तक में पढ़ी थी। मेरे ध्यान में आने लगी। हिंसा का तो खैर कोई सवाल ही नहीं उठता। मुझे तो अपनी अहिंसक प्रवृति को ही धार देनी थी। मैं अपने अन्दर ही सही शब्दों का चुनाव करने लगा। जिससे मैं विरोध भी कर सकूँ और अपनी दबी हुई भावना को भी प्रकट कर सकूँ। मेरा भटकता खोजी मन थाह नहीं पा रहा था। अहिंसा का समर्थन हम भी करते हैं। हम कायर और पलायनवादी नहीं हैं और ना ही हम अहिंसा को कायरता का रूप धरने दे सकते हैं। ऐसा भी मैंने किसी पुस्तक में ही पढ़ा था। मेरा भटकता, उड़ता मन इन्हीं पंक्तियों के इर्द-गिर्द चक्कर काटने लगा।

ये बात सच है कि किताबें ही मेरे लिए सबसे बड़े सुख का साधन हैं। खाली पेट भी आनन्दित रहना, खाली जेब भी सम्पन्नता सी ख़ुशी महसूस करना, यहाँ तक कि दुर्गन्ध, दुर्व्यहार, कुरूपता को घृणा या हास्य का विषय बनाने के वजाय विभिन्नतायें मानने की प्रेरणा मुझे किताबों से ही मिलती है। एक परीचित लेखक दर्पण शाह जी, जिन्होंने मेरे पढ़ने के शौकिया मिजाज को बढ़ाया ही नहीं बल्कि पढ़ने और आनन्दित रहने की भी प्रेरणा दी, कि जब एक काव्य पुस्तक छप के आयी तो उन्होंने मुझे भी दी पढ़ने को। और फिर उस पुस्तक के बारे में मेरे विचार जानने चाहे तो मैं इतना ही कह सका कि आपने बड़ी दूर की सोच के लिखी है पुस्तक। मेरी प्रतिक्रिया पर वे हँस दिए। बोले ......ये दूर की सोच के नहीं अपने अनुभव लिखे हैं। अपने अनुभव लिखने के लिए किसी खास प्रशिक्षण की जरूरत नहीं होती। बस अपने अनुभवों को लिखते चले जाओ। इससे दूसरे की नक़ल का तो सवाल ही पैदा नहीं होता। पढ़े या कम पढ़े की कोई बात ही नहीं है। उनकी बात मैंने भी गाँठ बाँध ली। उस समय मुझे उन्हें अपना गुरु मान लेने का खयाल आया था। और मैंने उन्हें ही अपना गुरु मान

        सहन की पराकाष्ठा

लिया। अपने अनुभवों के लिए कागज़ पर जगह तलाशने के लिए कलम की सहायता लेने मैं प्रयासरत हूँ। मेरी लिखी सारी बातें आपको निराशावादी लगेंगी परन्तु मेरा प्रयास निराशावादी होने से मुक्ति पाकर आशावाद की ओर बढ़ना है। खैर छोड़ो।

तेईस तारीख़ को मैं भी, इसका उपहार उसके पास, उसका उपहार इसके पास पहुँचाने के काम में लगा रहा। खिन्न मन से। बिना ये बताए की किसने किसके लिए उपहार दिया है। उसी दिन शाम को पाँच साढ़े पाँच का समय रहा होगा, एच.आर.टीम की मिस गरीमा दो कपड़े के थैलों में कुछ सामान लेकर आयी। मैंने ही सारा सामान अलग-अलग किया। फिर उनके ही कहे मुताबिक पैकिंग के चमचमाते कागज़ में पैक भी किया। उपहार का स्वरूप देने के बाद उन पर एक, दो, तीन के क्रम में गिनती की पर्चियाँ भी लगा दी। चौबीस की सुबह दस बजे के आस-पास का समय होगा जब सभी चपरासियों, सफाई वालों, सुरक्षा गार्ड, ड्राईवरों को रिसेप्शन पर एकत्र होने को कहा गया। मिस ठाकुर वहीं पर मौजूद थी। पहले दिन के मेरे द्वारा पैक किये गिनती वाले उपहार भी सामने की टेबल पर रखे हुए थे। गिनती की पर्चियाँ भी थी, जो उसी काँच के डिब्बे में रखी थी, जिसमें पहले दिन उच्च श्रेणी माने जाने वाले कर्मियों के नाम की पर्चियाँ रखी थी। मिस ठाकुर ने सभी को एक-एक पर्ची उठाने के लिए कहा। सभी एक-एक कर उठाने लगे। जिसके पास जिस नंबर की पर्ची निकली उसे उस नंबर का उपहार दिया जाने लगा। मैं वहाँ से हटकर बहार आ गया। फिर से खुद ही सवाल करने लगा। आखिर इतने ही लोगों को अलग करने के पीछे किस तरह की ....क्या सोच रही होगी? नाम लिखने, बोलने, सुनने तक को राजी नहीं? वो भी त्यौहार के नाम पर .....ऐसा क्यों? मैं इस खेल में शामिल नहीं हुआ। मैंने कोई पर्ची नहीं ली और ना ही कोई उपहार। मुझे छोड़ सभी ने उपहार तो लिया मगर उत्साहित चेहरा किसी का भी नहीं था। सभी का चेहरा सहमा हुआ सा था या यूँ कहें .....दया का पात्र बनकर स्वभिमान पर हुए आघात से सभी के माथे पर असमंजस के बल पड़ ही गये थे।

मुझे बुलाने के लिए मिस दत्ता आयी तो मैंने उन्हें ये कहकर मना कर दिया कि मुझे ये सब पसंद नहीं और मैं इस खेल में भाग नहीं ले सकता। मिस दत्ता मुझे अपने तरीके से समझाने लगी कि एक मैं ही छूटा हूँ। सभी ने उपहार ले

लिए हैं। मगर मैं अपनी बात पर कायम रहा। उनके जाने के बाद मिस गरीमा ने मुझे फोन करके अपने पास बुलाया। मैं उनके पास गया। वे मुझसे कहने लगी .....ऐसी बात है .....गिफ्ट तो सभी के लिए हैं। सभी ने लिए भी हैं। आप भी ले लो। मैंने उन्हें भी मना कर दिया .....मैं गिफ्ट नहीं लेता। मेरे मुँह से यही शब्द निकले थे। वो मुझे अपने तरीके से समझाने लगी ....तुम्हें तुम्हारे मम्मी-पापा भी तो गिफ्ट देते होंगे। तो क्या उन्हें भी मना कर देते हो? उनकी बात से मुझे गुस्सा तो बहुत आया .....मैं बोलने ही वाला था कि सबसे अलग करके क्या अछूत मानते हो हमें? और फिर दफ्तर की बात को मेरे माँ-बाप तक ले जा रहे हो तो क्या मेरे माई-बाप बनने की कोशिश कर रहे हो? उस समय न जाने कौन सी ताकत ने काम किया और मैं उन्हें मना करके बाहर आ गया। थोड़ी देर बाद मुझे मिस वृषाली ने अपने केबिन में बुलाया। जरा सहमा हुआ सा जब मैं वहाँ पहुँचा तो वहाँ एच.आर. टीम की मिस तलवार पहले से ही मौजूद थी। मिस वृषाली ने मुझसे दरवाजे पर लगे स्टॉपर को हटाकर केबिन का दरवाजा बंद करने को कहा। अब बंद केबिन में गुणवत्ता और सही मानव संसाधन का निरिक्षण, परीक्षण चतुर्थ श्रेणी कर्मी पर होना था। मिस तलवार दीवार से सटी अलमारी का सहारा लिए खड़ी थी। मिस वृषाली की टेबल के सामने लगी कुर्सी पर हथेली टिकाये मैं भी खड़ा हो गया। फिर मिस वृषाली ने मुझसे सवाल करना शुरू किया ......

......मैंने सुना....आप नाराज हैं हमसे।

......नहीं...नाराजगी की कोई बात नहीं।

......नाराज नहीं हो तो आपने गिफ्ट लेने से मना क्यों किया?

.......मैडम अगर ये खेल था तो ....मैं इस खेल में भाग नहीं लेना चाहता।

.......देखिए ये सब दफ्तर की तरफ से कुछ नहीं है। ये आयोजन तो हम सब ने आपस में मिलकर किया है। मैनेजमेंट को .....सी.ई.ओ. सर को भी इस बारे में कुछ पता नहीं है।

.......जो खुद इस खेल में शामिल हैं .....उन्हें ही पता नहीं .....ये भी ठीक है। आपकी ही बात मान लेते हैं। .....हम कौन सा हमेशा सी.ई.ओ. सर के साथ ही रहते हैं .....रहना तो हमें स्टाफ के बीच ही है।

.......आप मानते हैं तो फिर मना क्यों कर रहे हैं?

	सहन की पराकाष्ठा

उनकी ये बात ज़रा जोर देकर कही गई थी।

......आप लोग इतने समय से हम लोगों के साथ काम कर रहे हैं इसलिए हम सब ने मिलकर .....

अभी उनकी बात पूरी नहीं हुई थी कि मैंने बीच में ही बोलना शुरू कर दिया।

..........यही तो समस्या है मैडम ......इतने लम्बे समय से आप लोगों के साथ काम कर रहे हैं और आप लोग हमें त्यौहारों के समय भी अलग कर देते हैं।

.........नहीं .....नहीं अलग नहीं करते। हमने सोचा की आप लोगों को उपहार दें बस।

उन्होंने अपनी बात जोर देकर और ज़रा दम भरकर कही।

अब मुझसे भी रहा न गया। हर त्यौहार पर अनुभव किया अनुभव व्यक्त करने लगा। होली, दीवाली, न्यू ईयर, क्रिसमस पर मिले कड़ुवे अनुभव कहने लगा। मेरी जबान लपटने सी भी लगी थी। पाँव की कंपकपी मेरे दब्बुपने को जता रही थी।

........त्यौहार तो सभी के लिए एक ही दिन आते हैं, तो फिर हम लोगों के लिए अलग से व्यस्था करने की क्या जरूरत पड़ गई? ये तो ऐसा है जैसे पहले धक्का देकर गिरा दो और फिर हाथ बढ़ाकर उठाने की मेहरबानी। पहले अछूत व्यवहार कर अलग कर देते हो फिर दया दिखाकर उपहार देते हो। मैं दया, मेहरबानी का पात्र नहीं बनना चाहता। हो सकता है मैं अपनी बात आप को सही तरीके से न कह पाऊँ लेकिन इतना तो कह ही राकता हूँ कि मैं अपने आप को इस खेल में फिट नहीं समझता। मैं नहीं जानता की मेरे इस व्यवहार से आप मेरे दूसरे साथी कर्मियों के साथ आगे कैसा व्यवहार करने लगो। मगर मुझे आप सबसे अलग ही रहने दो। मैं कुछ कर नहीं सकता तो कुछ कहता भी नहीं हूँ। लेकिन मैं अपने आत्म सम्मान और स्वाभिमान के साथ समझौता नहीं कर सकता। मैं क्या सोचता हूँ, क्या नहीं ....मेरी बात को निजी न लें .....मैं ऐसा ही हूँ। कृपया आप मुझ पर अपनी बात मनवाने का दबाव न डालें। बस और मुझे कुछ नहीं कहना।

शायद उन्हें मुझसे इस तरह के जवाब की उम्मीद नहीं थी। उनके लहजे

और तेज व्यवहार में थोड़ा नरमी आ गई। उनके होठों पर मुस्कान आ गई। उनकी मुस्कान के पीछे मुझे हल्की हिचकिचाहट का सा भाव लगा। जो गलती का पता चलने के बाद की होती है। चहरे के भाव भी गड़बड़ा रहे थे। सही को सही और गलत को गलत मानने वाली मिस वृषाली की आवाज में दृढ़ता कायम थी।

.........मैं तुम्हें किसी भी तरह से परेशान करके, किसी प्रकार का दबाव नहीं डालूँगी। तुम ......किसी हद तक ठीक ही सोचते हो।

मेरी और मिस वृषाली के बीच बातचीत के दौरान मिस तलवार एक भी शब्द नहीं बोली। शायद वे भी समझ रही थी की मुझे ठेस पहुँचने का वाजिब कारण था मेरे पास।

काम भी करता रहा, सबकी हाँ में हाँ भी मिलाता रहा, मगर पूरा लंच टाइम मैं अपने ही विचारों में खोया भी रहा। तीन बजे जब मैं खाना खाने के लिए लंच रूम में पहुँचा तो मेरी नजर नोटिस बोर्ड पर लगे उस नोट पर पड़ी जिसमें साफ़-साफ़ लिखा था, ऑफिस स्टाफ का लंच टाइम साढ़े बारह से तीन और अदर स्टाफ, तीन से साढ़े तीन बजे तक। वैसे मैं इसे पहली बार तो नहीं देख रहा था। ये तो जब से लगा था जब से मैं इस कार्यालय में आया था। इसे देखकर रोज ही मेरे भीतर एक आग सी सुलगती थी। माँस के जलने जैसी बदबू मेरी नाक में घुसने लगती थी। मेरी खाने की इच्छा मर सी गई। बिना खाये ही मैं वापस आ गया। मैं ये समझ नहीं पा रहा था की आखिर खाने के लिएभी इस तरह का फर्क क्यों? कौन सी सदी में जी रहे हैं? चतुर्थ श्रेणी कर्मी अंत में? ये कैसी मानसिकता थी? अगर पढ़े-लिखे ऐसे ही होते हैं तो मैं अनपढ़ ही रहना चाहूँगा।

सबको एक न एक दिन अपनी जिम्मेदारियाँ खुद ही उठानी होती है। छोटा बने रहने से कोई फर्क नहीं पड़ता। सुनने से कान खराब नहीं होते। हमने तो इसी तरह इज्जत बचाये रखी और जीवन निकाल दिया है। हाँ ....हमने ऐसा कुछ जोड़ा नहीं की तुम्हें आराम मिले। बस इतना ही कि ......कभी भूखे नहीं रहे, बिन कपड़ों के नहीं रहे। अब जो भी है ....अपना गुजारा करो और साथ में हमारे बुढ़ापे का भी खयाल रखना। ईजा-बौज्यू की कही इन बातों के याद आने से मैं खुद को और भी कमजोर सा महसूस करने लगा। बिल्डिंग से बाहर निकल कर मैंने एक के बाद एक तीन सिगरेट लगातार पी। फिर खुद को ही समझाने लगा

 सहन की पराकाष्ठा

की आखिर मैं अपने बारे में क्या-क्या सोच बैठा। खुद को समझाया की बुरी आदतों में पड़कर तो कुछ भला नहीं हो सकता।

अपने आत्म सम्मान और स्वाभिमान की रक्षा करना क्या गलत है? इंसानियत को प्राथमिकता देना क्या गलत है? सम्मानित और सौहार्दिक व्यवहार करना और दूसरों से खुद के लिए भी ऐसी ही उम्मीद रखना क्या गलत है? किसी की निजता का हनन भी न हो और किसी को ठेस भी न पहुँचे ऐसा सोचना क्या गलत है? पद-प्रतिष्ठा बनी रहे और ऊँच-नीच की बात भी खत्म हो जाय ऐसा सोचना क्या गलत है? परोक्ष-अपरोक्ष सभी के कर्म एक दूसरे को प्रभावित करते ही हैं की धारणा क्या पूरी तरह से गलत है? मन में कई सवाल उपजते रहे और मैं खुद को जवाब भी देता रहा। मेरे लिए दफ्तर में साढ़े तीन बजे के बाद का समय जैसे ठहर सा गया था।

उस समय मुझे इन सब विचारों से बाहर निकालने में मिस अहलुवालिया की बहुत बड़ी भूमिका रही। नटखट बच्चे के अंदाज में उन्होंने मुझसे कॉफ़ी माँगी ....प्लीज मुझे एक अच्छी सी कॉफ़ी दे दो। वैसे तो उनका अंदाज हमेशा ही नटखट बच्चे जैसा ही रहता था। मगर उस समय उनका ये अंदाज मुझे परेशान करने वाले खयालों से बाहर लाकर अच्छे लोगों की अच्छी बातों का अनुसरण करने की ओर बहा ले गये। मुझे बहुत अच्छे से याद है वो दिन, जिस दिन मैं मिस अहलुवालिया के घर गया था। उनकी बिटिया होने की ख़ुशी में बर्धन साब की तरफ से फूलों का गुलदस्ता लेकर। जैसे ही मैंने उनके घर की घंटी बजाई, तो उनके ससुर जी ने दरवाजा खोला था। जब मैंने उन्हें अपना परिचय दिया तो वे मेरे हाथ से फूलों का गुलदस्ता लेने के बजाय मेरी बाँह पकड़ कर अन्दर ही ले गये। मुझे सामने लगे सोफे पर बैठने को कहा। मैं हिचकता रहा। मगर जब तक मैं बैठा नहीं तब तक उन्होंने मेरे हाथ से गुलदस्ता लिया ही नहीं। फिर उन्होंने मिस अहलुवालिया जी को आवाज दी ....बेटा देखो ...आपके ऑफिस से कौन आया है। बेबी को लेकर आना। मिस अहलुवालिया जी को आते देख मैं सोफे से खड़ा हो गया। ....बैठो...बैठो की उनकी आवाज से मैं जितना सहमा था उतना ही अन्दर से गदगद भी हुआ था। मिस अहलुवालिया मेरी बगल में ही सोफे पर बैठ गई और अपनी बिटिया मेरी गोद में दे दी। इतनी देर में उनके ससुर जी एक प्लेट में मिठाई, गिलास में पानी और एक कप चाय ले आये

और मेरी तरफ बढ़ा दिए। मैं हिचका जरूर था मगर किसी की भलमनसाहत से इनकार करना मेरी आदत नहीं। मैंने सब कुछ लिया। वे भी मेरे बगल में बैठ गए। एक तरफ मिस अहलुवालिया एक तरफ उनके ससुर जी और बीच में मैं। मेरी हालत कुछ ऐसी थी जैसे भूखे के सामने छप्पन भोग रख दिए हो लेकिन उसे तो उनका स्वाद ही पता नहीं। इस तरह का सम्मान मेरे लिए मेरी उम्मीद से कहीं ज्यादा थी। किसी के साथ सम्मानित व्यवहार और पढ़ा लिखा होना क्या होता है, मैंने उस दिन भी सीखा। उनके घर के दरवाजे से निकलते-निकलते मेरी आँखें ख़ुशी से डबडबाने लगी थी।

मिस अहलुवालिया कॉफ़ी लेकर अपनी टेबल पर चली गई।

मैं अपने सहकर्मियों के साथ पैंट्री में ही खड़ा था। वहाँ पर बैठने की कोई गुंजाइश नहीं थी। बहुत ही छोटी जगह थी। बिजेंदर जी पैंट्री में आये जो कि कार्यालय में नेटवर्क इंजीनियर थे और मुझसे कहा कि तुम्हें सी.ई.ओ. सर बुला रहे हैं। मैंने बड़ी हैरानी से उनकी तरफ देखते हुए कहा .....मुझे बुला रहे हैं .... किसी पियून को बुलाओ कहा होगा। बिजेंदर जी ने बात दोहराई ..... किसी पियून को नहीं ...तुम्हारा नाम लेकर कहा है बुलाने को। मैं और बिजेंदर जी एक साथ सी.ई.ओ. सर के केबिन में पहुँचा। दोनों ही बराबर में खड़े थे। सी.ई.ओ. सर ने मुस्कुराते हुए बिजेंदर जी से कहा .....आप इन्हें भी टेक्नीकल का काम सिखाइए। सुनकर मुझे बड़ी हैरानी हुई। उनकी नजर मुझे ही देख रही थी। सर मैं तो कुछ भी बेसिक नहीं जानता, बिजेंदर जी के लिए दिक्कत होगी मेरी वजह से। मैंने लड़खड़ाती जबान में कहा। एक ही दिन में थोड़े ही सीखा जाता है सब कुछ। धीरे-धीरे सीख जाओगे। कुछ नया सीखने में आगे बढ़ने में क्या बुराई है। अपना काम भी करते रहो और टेक्नीकल का काम भी सीखते रहो। उनकी बात से बिजेंदर जी का चेहरा भी कुछ ऐसा हो गया जैसे कुछ समझ ही न पा रहे हो। इन सब बातों के बाद बिजेंदर जी ने सी.ई.ओ. सर से कहा .....जी सर ...इनकी ड्यूटी टेक्नीकल फ्लोर पर लगा देते हैं। हमारे बीच में रहकर काम सीखते रहेंगे। इस बात पर सी.ई.ओ. सर साफ़-साफ़ मुकर गये ....नहीं-नहीं ड्यूटी तो इसी फ्लोर पर रहेगी। जी सर .....कहकर दोनों ही केबिन से बाहर आ गये। दोनों की ही समझ में नहीं आ रहा था कि क्या कहा जाय। बिजेंदर जी को मुझे काम सिखाने के लिए कहा गया था, लेकिन मुझे उनके फ्लोर पर या उनके कहे

  सहन की पराकाष्ठा

...उनके पास रहने से मना कर दिया था। जिससे कुछ सीखना है ....उसके पास जाये बिना, दूसरा काम करते हुए, नया काम कैसे सीखा जाता है या सिखाया जाता है, दोनों की ही समझ में नहीं आ रहा था। बिजेंदर जी बिना कुछ कहे ही अपने फ्लोर पर चले गये।

बिखरी हुई मनोस्थिति के साथ सी.ई.ओ. सर की बात का जवाब तो मैं ढूँढ़ रहा था मगर मुझे मिल नहीं रहा था। बात चित्त भी मेरी पट भी मेरी वाली थी। मुझे कुछ दिनों बाद ये मालूम हुआ था कि ये सब मिस वृषाली ने ही करवाया था। शायद उन्हें भी इस बात का अंदेशा नहीं होगा की उनकी बात मानी भी जाएगी और नहीं भी मानी जाएगी के अंदाज में प्रकट की जाएगी। इसके बाद मैं इसी बात को उधेड़ता बुनता रहा कि जो बात आज मेरे लिए कही गई, क्या इसके पीछे हकीकत में सी.ई.ओ. सर की एक नेक नीयत थी। उनके केबिन में हुई बात तीन ही लोगों के बीच थी। खैर बाद में कुछ और लोगों को भी पता चल गया। मिस वृषाली को मालूम हुआ की नहीं, कह नहीं सकता।

शाम को घर आने पर भी मेरा दिमाग अपनी धुन में घूम रहा था। दरवाजा घरवाली ने खोला था। मेरे मुँह को देख हैरानी वाला भाव उनके मुख पर भी बना था। इस सब को देख मैंने खुद को भी कोसा था की मैं दफ्तर से माथे की सिकन को घर तक क्यों ले आता हूँ? घरवाली ने पूछा भी .....क्या बात है? लेकिन मैंने कोई भी जवाब नहीं दिया। भाई दूसरे कमरे में टीवी देख रहा था। मेरी हालत खुद से ही झगड़ने वाली हो रही थी। रात का खाना तैयार था। मैं भी मुँह हाथ धोकर दरी पर बैठ गया। टीवी पर न्यूज चल रही थी। न्यूज देखना मन बदलने या भटकने की सबसे बड़ी वजह माना जाता है, मैं तो ऐसा ही मानता था। बड़ी कोशिश की मगर न्यूज पर भी मेरा ध्यान नहीं लगा। किसी से कोई बात नहीं की। जल्दी-जल्दी खाना खत्म कर मैं अपने बिस्तर में चला गया। मुझे नींद नहीं आ रही थी। दफ्तर को लेकर अब तक के अनुभव दिमाग में चक्कर काट रहे थे। रसोई का काम खत्म कर जब घरवाली आकर मेरे बगल में लेटी तो मेरे भीतर दबा हुआ सारा लावा पिघल कर बाहर आने लगा। उसने मुझसे बहुत बार पूछा क्या बात है? क्या हुआ? मगर मैंने कुछ नहीं कहा। मुझे परेशान देख उसकी भी परेशानी बढ़ने लगी थी। मैं तो बस उसकी छाती से मुँह चिपकाकर गहरी-गहरी साँसे भरने लगा था। कुछ देर इसी तरह मुँह चिपकाये रहा। जब नहीं रहा गया तो उसे अपनी सारी मनोव्यथा सुना दी। सारी बात सुनकर वो भी सन्न रह गई।

वह बोली तो कुछ नहीं मगर मुझे अपनी छाती से कसकर चिपकाये हुए पकड़े रखा। मैं हारा हुआ सा बोलता रहा ....अब सहन नहीं होता। अब बात सहन की पराकाष्ठा तक पहुँच गई है

* * * * *

सहन की पराकाष्ठा

8.
अंतरविलाप

ईजा पैलाग ....

ईजा ठीक है, तबीयत ठीक है तेरी, ________ के जवाब में 'द' ठीक ही हुए। 'खा' रहे हैं। 'लाद' (पेट) तो चीरनी ही ठैरी। चीर रहें हैं अपनी। ईजा की इस तरह की रूखी, हताश, निराश, मज़बूरी को लपेटती, लहराती आवाज ने मेरे अन्दर एक ऐसी पीड़ा उत्पन्न कर दी। जिसे न तो किसी से कहा ही जा सकता है, न दिखाया जा सकता है, और न सहा ही जा सकता। मगर पीड़ तो है। एक ऐसा एहसास जो किसी के साथ बाँटा भी नहीं जा सकता। तभी खयाल आया ..... घरवाली को बताएँ? फिर ..... नहीं-नहीं, नहीं बताना ही बेहतर होगा, का खयाल आया।

बहुत देर तक खुद को ही कोसता रहा। ईजा की इस बेरुखी का कारण ..... क्या घरवाली, बच्चों को अपने साथ दिल्ली लाकर बस जाना है? या फिर ..... बुढ़ापे में अपने देखे जैसे, समय के हिसाब से और आज की पीढ़ी के विचार और जरूरतों के बीच तालमेल न बैठना? या फिर .....जो उम्मीद अपनी औलाद से बाँधी और अपनी सारी खुशियाँ अपनी औलाद में ढूँढ़ी, उन सब का ना मिलना? या फिर .....हमेशा यह मान लेना कि हम घर के बड़े हैं, और सब को हमारे बताये रास्ते ही चलना होगा, वही करना और मानना होगा, जो हम कहें। जिसे हम सही बताएँ, जिसे हम सही ठहरायें। और फिर .....अगली पीढ़ी को इन सब बातों से किनारा करते हुए दूर भागते देखना। जिस कारण अपनी उपेक्षा, अवहेलना का भाव, खुद ही अपने भीतर समेट लेना। भले ही दूसरे की खुशियों को दबा दिया जाये। इच्छाएँ मिटा दी जायें। इन सब बातों पर खरा उतरने पर औलाद को आज्ञाकारी और संस्कारी होने का सर्टिफिकेट मिलेगा?____ कोई गारंटी है क्या? दाँतों के बीच निचला होंठ दबाये ..... देर तक ना-ना में गर्दन हिलाता रहा। दोनों हाथों से अपने कान थाम लिए। ये क्या सोच बैठा? ऐसे संस्कार तो नहीं दिए थे, ईजा-बौज्यू ने। अगर उन्हें मुझसे कुछ उम्मीदें हैं, तो क्या गलत है? होनी ही चाहिए। आखिर कोई औलाद चाहता ही किसलिए है। आखिर माँ-बाप

हैं। उनकी संतान हैं हम। हमसे उनके थकते शरीर को सहारा मिल जाये तो .....
ऐसी इच्छा रखना कौन सी बुरी बात है। पारिवारिक एकता, साँझा चूल्हा, हमारा
समाज, सब इसी सिद्धांत पर ही तो टिका है।

बौज्यू पैलाग ....

आप ठीक हो, तबीयत ठीक है .....का जवाब बौज्यू से बहुत ही सहज और
सरल मिला। मगर अपनी कहने में बौज्यू की आवाज में जो लहर थी उसने मेरे
भीतर करुणा और दया, दोनों भावों को एक साथ जागृत कर दिया। मेरे लिए
एक क्षण अवाक रहकर कुछ भी समझना, सुनना मुश्किल हो गया।

"सब ठीक है बाबू, तबीयत भी ठीक है। यहाँ तो बारिश भौत हो रही है।
दिल्ली में तो अभी सड़ी गर्मी पड़ रही होगी। यहाँ तो घर-घर बुखार फैला है।
कोई घर नहीं छूटा। सभी का हाल एक जैसा है। मच्छर भी भौत हो गये हैं यहाँ,
वहाँ तो और भी ज्यादा हो रहे होंगे। अपना भी, बच्चों का भी____खयाल रखना
..... ।"

बौज्यू की बातों में छिपा भय, चिंता, फ़िक्र ने उनकी आवाज में जो कम्पन
पैदा किया था .....मैं समझता हूँ .....वही समझ सकता है जो अपने बच्चों से
प्यार, उनके प्रति अपनी जिम्मेदारी और अपने ईजा-बौज्यू का मान-सम्मान
और उनकी उम्मीदों पर खरा उतरने का प्रयास, दोनों ही नावों में एक साथ सवार
होकर पार पाने की इच्छा रखता हो। एक नाव पिछली पीढ़ी, एक नाव अगली
पीढ़ी। वो अपनी बात कहते ही चले गये। जरूर ही उनके होंठ थरथरा रहे होंगे।
अंदाजा लगाना मुश्किल तो नहीं, शायद .....बुढ़ापे में बच्चों के साथ रहकर अपने
बचपन को लौटते देखना चाहते होंगे।

एक ही ढर्रे को गाँठ बाँधकर रखना ______ कितना सही, कितना गलत?
समझ कुछ भी नहीं आता। यहाँ क्या रखा है? नौकरी करनी ही हुई। घर से एक
न एक दिन बाहर जाना ही हुआ। खेती में तो 'बज्जर' ही पड़ा ठहरा। रोजगार
और संसाधनों की कमी ठहरी ही। मगर उससे भी बड़ी बात ये हुई कि घर से
बाहर जाकर नौकरी ही करनी है। ये बात हर जहन में अपना पक्का घर बना चुकी
है। जिस तरह शादी के बाद लड़की का ससुराल जाना तय होता है उसी तरह
एक उम्र के बाद यह तय शर्त लड़कों पर भी लागू होती है कि अपना घर छोड़,

बाहर शहरों में जाकर नौकरी, रोजगार की तलाश। अब इस दशा में कहाँ रह जाता है? कैसे रह जाता है? लड़की या लड़के में कोई फर्क। जब दोनों को ही अपने ईजा-बौज्यू के साथ रहना ही नहीं। लड़कियाँ तो फिर भी ससुराल से वार-त्यौहार, हाल-चाल जानने उनके पास आ भी जाती है, मगर लड़कों को उनसे न मिल पाने की, रोजी-रोटी के चक्कर में, कितनी ही मजबूरियाँ बढ़ जाती है, और फिर धीरे-धीरे अपनी ही गृहस्थी में उलझे दोनों के पास कितने ही बहाने भी।

मौसम के मिजाज की तरह मेरा मूड भी बिगड़ा ही था। दिल्ली में जुलाई-अगस्त में पड़ने वाली सड़ी गर्मी की तरह ही दिमाग बिगड़ भी रहा था और सड़ भी रहा था। कभी घरवाली की जिद को हर बात के लिए दोष देता, तो कभी ईजा-बौज्यू का अपने लिए जोड़ जबरदस्ती का जंजाल .....खेती-बाड़ी, गाय-भैंस, डोर-डंगरों को अपने गले बाँधे रखने को। कभी अपनी झूठी शान, तो कभी दूसरों की देखा-देखी में अपने बच्चों को भी दिल्ली में पढ़ाने का बहाना, तो कभी अपना मान-सम्मान, प्रतिष्ठा को सबसे ऊपर रखता, जो हमेशा बाजार भाव की तरह ऊपर-नीचे सरकती हुई लगती। मेरे लिए किसी एक पर टिके रहना बहुत मुश्किल हो गया।

वैसे अगर देखा जाये तो ठीक ही है जो मैं किसी एक पर नहीं टिका हूँ। अपने अंतर्द्वंद और अंतरविलाप के चलते यदि किसी एक व्यक्ति या वजह को पूरी तरह दोषी मान लूँगा तो शायद .....जिद या कहें ___ आवेशवश कुछ गलत ही कर बैठूँगा। नतीजा .....तय है, कुछ भी ठीक नहीं होगा। अनेक बातें, अनेक दोषियों को अपने अंतर विचारों और अपने अन्दर घुटती हुई परेशानियों की वजह समझ कुछ कहने-सुनने, बोलने के वजाय, एक चुप्पी को साध लेना ही समझदारी है।

मैं जितनी कोशिश करता उतनी ही नींद चटक जाती। बिन पानी की मछली की तरह छटपटाता रहा। उमस बहुत ज्यदा थी। बदलते मौसम को ध्यान में रखकर, कूलर बिना पानी के चल रहा था। घरवाली और दोनों बच्चे बेड पर और मैं उसी बेड के समानान्तर फर्श पर बिस्तर लगाये लेटा हुआ था। कूलर की सीधी हवा मुझ पर ही पड़ रही थी। मगर मेरी फड़फड़ाहट फिर भी कम होने का नाम नहीं ले रही थी। आखिर इस सब से तंग आकर मैं उठा और बाहर वाले कमरे में आकर मैंने बीड़ी सुलगा ली। फिर बाहर वाले कमरे में लगी चारपाई पर

पसर गया। करीब आधा घंटा ही हुआ होगा कि घरवाली भी उठकर बाहर वाले कमरे में आ गई। जबरदस्ती बंद की गई आँखों को कमरे में रौशनी का एहसास हो ही गया। मगर मैं नींद में होने का बहाना बनाता रहा। मेरी फड़फड़ाहट का कुछ तो अंदाजा घरवाली ने भी लगा ही लिया था। पास आकर उसने मेरी कलाई जाँची, मेरे माथे पर हाथ रखा। उसके छूने से अचानक जागने का नाटक जो मैं पहले कई बार कर चुका था, नहीं किया। बल्कि उल्टा, गहरी नींद का नाटक जारी रखा। वह मेरे बगल में ही लेट गई। अब उसका एक हाथ मुझे घेरे था। मगर मेरा बिथका मिजाज, उसकी इच्छा न जानना ही चाहता था और न पूरा करने का कोई विचार। शारीरिक मोहभंग से गहराये, मनोव्यथा में उलझे विचार, उलझते ही चले गये।

न सावन कम, न भादो कम। पानी इस कदर बरस रहा था मानो कोई 'सूप' में भर-भरकर पानी गिरा रहा हो। पानी खूब बरस रहा था और धूप भी क्या चटख खिली हुई थी। बारिश में सब कुछ धुल चुका था। यहाँ तक की हवा भी। सब कुछ साफ़ और चमकदार दिख रहा था। हरियाली ऐसी छाई थी ..... पूछो मत। खड़चों वाला रास्ता जिस पर गोबर मिट्टी की मोटी परत जमी थी, बारिश ने धो डाला था। ऊपर से नीचे की तरफ बहता, रास्तों पर पानी, साफ-सुथरे चमकते पाथरों पर टकराते पानी का 'सुसाट' और 'खतखताट' (बहते पानी की और पत्थरों से टकराने की आवाज)अलग ही संगीत गाँठ रहा था। रास्तों के किनारों पर खेत में उगे 'मड़ुवे-झूंगर' के पौधौ पर 'रेंश' (एक दाल) की लताओं ने लिपटकर वजन इस कदर डाला था कि 'मड़ुवे-झूंगर' के पौधें लटककर रास्ते से मिलकर, रास्ता रोक रहे थे। चौमासे का असर भरपूर था। रास्ते के किनारे 'सिसुड़' (बिच्छू घास) के घाँच भी पूरी हरियाली के साथ अपना फैलाव फैलाये हुए थे।

बारह सीखों वाली, वही पुरानी, मोटे कपड़े की, काली छाता, जिसका एक सीख टूटा भी है, खद्दर के कपड़े से फुहार की तरह झरता पानी अन्दर भी आ रहा है। भीगने से बचने का उपक्रम करता, पजामे को नीचे से ऊपर चढाकर, चलते-चलते और भीगकर भी, एक पाँव का पजामा नीचे सरक चुका है। एक हाथ में छाता, एक हाथ में लाठी। "सिसुड़" (बिच्छू घास) से बचते बचाते चढ़ाई की ओर बढ़ते रास्ते पर चला जा रहा है।

        सहन की पराकाष्ठा

क़दमों को, मन की चाल से, चाल मिलाकर बढ़ने की इच्छा तो प्रचूर है, मगर पाँव .....शरीर की बूढ़ी अवस्था की चाल से ही चलने में साथ दे पा रहे हैं। आस की बाँधी गठरी में ही वो ताकत है जो मन को मजबूत किये दे रही है। जिसके चलते सुबह इतनी जल्दी उठकर जाने को मजबूर कर दिया। अपनी ही धुन में चल रहा है। हिलते होंठ .....सुनाई कुछ भी नहीं दे रहा है .....बस जता रहे हैं कि किस कदर वह अपने आपसे बातें करता चला जा रहा है। पैरों में पहनी हवाई चप्पल का फीता निकलते ही फिसल .....एक झटके के साथ मेरी आँख खुल गई। सीना बड़ी तेजी धड़क रहा था। सेकेण्ड के क्षणांश, जितना समय आँख खुलने में लगा उतने ही समय में वह सपने वाला व्यक्ति, परछाई बनकर ही मेरी यादों में रह गया। स्वप्न ऐसा डरावना तो नहीं था कि मैं अचानक चीख पड़ता, चिल्ला पड़ता। लाख कोशिश और दिमाग पर कितना ही जोर देने पर भी मैं उस परछाई को मूर्त रूप नहीं दे पाया। चाल-ढाल, कुर्ता-पजामा, लाठी-छाता, हिलते काँपते होंठ, मेरी याद में जीवंत हैं। मगर चेहरा याद में पूरा नहीं बना पा रहा। जो जगह दिख रही थी, क्या मैं वहाँ कभी गया था? मालूम नहीं। वो रास्ता कहाँ से चलकर कहाँ तक जाता है? मालूम नहीं। मुझमें घबराहट अभी तक बरकरार थी। मैंने बिस्तर से उठ किचन में जाकर पानी पिया। सब कुछ इतने धीरे किया कि कहीं घरवाली ना जाग जाय। घड़ी पर नजर डाली, ढाई बजा रही थी। अब बीड़ी की तलब जागने लगी खुद को रोक लिया। बीड़ी की बास कमरे में भरते ही घरवाली जरूर जाग जाएगी। गहरी साँसे भरता जैसे ही चारपाई पर अपनी जगह पर लेटा .....मेरे मन ने करवट ली, मैं उस स्वप्न वाले व्यक्ति को कभी, खुद का तो, कभी अपने बौज्यू का चेहरा लगाकर देखने की कोशिश में जुट गया। निष्कर्ष कुछ न निकला। करवट लेकर घरवाली की तरफ मुड़ा उससे कसके चिपककर .....फिर आँखे भींच ली।

"बाबा हो" इस साल तो हद हो गई, "झण" क्या पड़े, पाँच दिन हो गये। थमने का नाम ही नहीं ले रहे। बाहर जाने की कतैई गुंजैश ही नहीं ठहरी। जो भी ठहरा, जैसा भी हुआ, दुकान का ही राशन हुआ, ला ही रहे ठहरे, खा ही रहे ठहरे, जो छानी में है, जिनके गले में रस्सी बाँध रखी ठहरी, उन्हें क्या दें?

छत के पाथरों की ढलान पर लुढ़कता पानी मोटी धार बनकर चौंथरे में गिर रहा है। पानी का चौंथरे के पाथरों पर गिरने से लकड़ी टूटने जैसी तड़तड़ाहट

वाली आवाज निकल रही है। "दन्यार" (छत का किनारा) के नीचे लगाई तीनों बाल्टियाँ, पानी से भर चुकी हैं। भर क्या चुकी हैं, तेजी से गिरता पानी बाल्टी के पानी को बाल्टी से उलीचकर ऊपर तक भरने ही नहीं दे रहा। आसमान घने काले बादलों से घिरा होने से रोशनी भी साफ नहीं है। धूप भी बदराई हुई है। बाल्टियों में बारिश का पानी छानी में बांधे डंगरों को पिलाने के लिए हो ही जायेगा। घास की कमी क्या हुई। अब इस "बिक्कदर" (बेहिसाब) बारिश में बाहर निकलें भी तो कैसे? ऐसे ही बरसता रहा तो घास काटेगी भी कैसे और लायेगी कैसे? चार-चार खाने वाले हुए। भीगी घास भारी भी तो "भौत" हो जाने वाली हुई। "यकै पु" (एक गठरी) भी लाना महाभारत (बड़ी आफत) हो जाने वाला ठैरा। वैसे ही "गठिया बाई" से परेशान। जरा सी ठंड लगी नहीं कि घुटने .... जोड़ जोड़ से दुखने लग जाते हैं। रोज रात को वही करना हुआ .....अँगेठी पर कटोरे में सरसों का तेल तताना, उसमें लहसुन मिलाना, जब मालिश करनी हुई। तभी नींद भी आने वाली हुई। तभी सुबह उठने की हिम्मत पड़ने वाली ठैरी।

रोज एक जैसी ताकत जो क्या रहेगी अब। जब उमर थी, नहीं जो क्या किया। हिम्मत और ताकत अब पस्त पड़ गई ठैरी। "रोजै बौल" (हमेशा मेहनत) खपना लिखा ठहरा "गरह" (नसीब) पर तो किया ही क्या जाय। नहीं तो क्या था .....बराबरी उमर के तो नाती पोतों के साथ घर में बैठे हैं। "अग्यट काख" (अँगेठी के पास) बैठ कर "घ्वग" (भुट्टा) पका खा रहे हैं। "ब्वारियां" (बहुएँ) ऐसी आई कि काम को ऐसे "वलहाथ - पलहाथ" (हाथों हाथ) ले रही हैं कि सासू को आराम ही आराम है। प्लास्टिक की "बरसाती", पानी की बूँदों से अलग ही "तरबराट" (टप टप) मचा रही है। झुककर बाल्टी उठा ही रही थी की ....."चाल की कड़कताव" (बिजली का कड़कना) .....एक झटके के साथ फिर मेरी आँखे खुल गई।

इस बार जो सपना देखा उसमें मुझे केवल आवाज ही सुनाई दी। जो घर दिखाई दिया था वो पहाड़ी घरों की तरह पाथरों से "छाया" (पत्थरों की छत वाला) हुआ .....मगर वो मेरा गाँव वाला घर तो बिल्कुल नहीं था। मेरे पूरी तरह जागने के बाद भी वो मटमैली बरसाती और वो बाल्टी उठाता हाथ ही दिख रहा था। सबसे ज्यादा हैरान तो इस बात से हूँ कि मैंने खुद को देखा और वो भी इस बिक्कदर बरस रही बारिश में __मैं चौथरे में खड़ा "गोठ" (निचली मंजिल)

          सहन की पराकाष्ठा

के "खन" (हिस्सा) से आती आवाज चुपचाप खड़ा सुन रहा हूँ। आवाज को मैं पहचानता हूँ मगर .....है किसकी? न तो ये मेरी ईजा की ही है, न ही मेरी घरवाली की ये तो कुछ-कुछ मेरी जैसी ही है।

मैं हाथ फैलाकर कुछ टटोलने लगा, मगर घरवाली उठकर अन्दर वाले कमरे में बच्चों के साथ चली गई थी। क्या उसे मुझसे किसी तरह की निराशा मिली? नहीं, नहीं। मैं गहरी नींद में था, हो सकता है, छोटी जागकर खुनखुनाई हो, इसी वजह से उठकर अन्दर चली गई होगी।

बिस्तर से उठकर मैंने लाईट का बटन दबा दिया, नजर सामने दीवार पर टँगी घड़ी पर पड़ी, सुबह के साढ़े पाँच बज चुके थे। सुबह जल्दी उठने की आदत पड़ी ही ठहरी, फिर आदत से मजबूर देर तक बिस्तर पर पड़े रहना खुद को तकलीफ देने जैसा लगता। छुट्टी का दिन। महीने का दूसरा शनिवार। बस एक ही काम, सबसे जरूरी, बेटे के साथ स्कूल जाकर, पेरेंटस-टीचर मिटिंग में शामिल होना।

अकेला चुपचाप बाहर वाले कमरे में बैठा रहा। पहले एक बारी तो खुद ही बनाकर पी चुका था। घरवाली ने उठकर चाय का एक और कप थमा दिया। एक हाथ में चाय, दूसरे हाथ में जलती बीड़ी, गोद में रखा ऐसट्रे। इस तरह पिछले एक घंटे में, साढ़े पाँच से लेकर साढ़े छः बजे के बीच, तीन चाय, पाँच बीड़ीयाँ फूँक चुका था। अंदर वाले कमरे में जहाँ बच्चे सो रहे थे, उसका दरवाजा बंद था। बाहर का कमरा, साथ में जुड़ा बाथरूम, कमरे से ही जुड़ा किचन, बीड़ी की बास से पूरी तरह भर चुका था। घरवली जब चाय लेकर समने आई थी तो उसका नाक सिकोड़ना देखा था मैंने। मगर कुछ बोली नहीं। अन्दाजा शायद उसने भी लगाया ही होगा। ऑफ़िस से आकर जब कल शाम में गाँव में ईजा-बौज्यू से बात कर रह था, सामने ही तो थी, तभी से मेरा मिजाज बिगड़ा हुआ है, पूछती भी रही, क्या कह रहे हैं? कुछ नहीं, सब ठीक-ठाक है, कहकर मैं उसे टालता रहा। उसकी बात भी नहीं करवाई। बच्चों से भी बात नहीं हुई। वह अपने आप में कितनी ही सुलक्षणी क्यों न हो परन्तु शक और वहम का स्वभाव उसका पीछा कभी छोड़ेगा? ऐसी तो .....बस उम्मीद ही की जा सकती। उसने यही समझा होगा कि कुछ उसी की बुराई बखानी जा रही होगी, या उस पर उनके बेटे को बस में करने जैसा आरोप लग रहा होगा, या फिर जो भी तकलीफ़ उन्हें

हो रही है, उसका ठीकरा भी उसी के सिर फोड़ा जा रहा होगा।

गौरव के साथ स्कूल जाना है, नहा धोकर तैयार हो जाओ, मैं कुछ नास्ता बना लेती हूँ, फिर गौरव को उठाऊँगी। बड़ी देर बाद घरवली के मुख से बोल फूटे। चेहरे से खिन्नता झलक रही थी। मुझे चाय देकर उसने किचन में अकेले ही खड़े-खड़े चाय पी होगी। किचन में बैठने की जगह तो है नहीं। एक पल के लिए मैं भी उसका मुँह ताकता रहा था।

उसने किचन की खिड़की का शीशे वाला पल्ला बाहर की ओर खोल दिया, जो मच्छरों से बचने के लिए, बीड़ी की बास से घुटन होते हुए भी, अभी तक बंद ही था। बरसाती मौसम की सुबह की मीठी ठंड से बचने के लिए पंखा भी बंद था, उसने उसे भी चला दिया, ताकि बीड़ी की बास कमरे में घुट कर न रह जाय। "मन मैला और तन को धोये" मेरे मन में जो घुटन का मैल जम रहा था उसे धो देना इतना आसान नहीं था। अपने बच्चों का भविष्य सवारने की खातिर, उनकी उन्नति को और बेहतर जानने के लिए पैरेंटस-टीचर मिटिंग में शामिल होने की तैयारी और अपने पैरेंटस के साथ मिटिंग को लेकर .....वक्त की, खर्चे की, जरूरत की .....दुहाई देना। मन की लाचारी ही तो है। जो अब धीरे-धीरे स्वभाव में भी घुलने लगी है। मेरा अंतरविलाप और गाढ़ा होता, उससे पहले ही मैं, काँधेपर तौलिया लटकाये बाथरूम में घुस गया, दरवाजा बंद कर सिटकिन चढ़ा दी।

गौरव, दिशु के लिए माइक्रॉनी, मेरे लिए पराठे और रात की बची हुई सब्जी और बासी रोटीयाँ, जरूर ही उसने अपने लिए ही .....वो जब गौरव को नहलाने बाथरूम में थी तो मैं किचन में झाँक आया था। मेरे अंतरद्वंद से भरे विचारों ने एक बार फिर करवट बदल दी।

शादी के बाद क्या घर-गृहस्थी को सुव्यवस्थित रखने का जिम्मा अकेले ही घर की बहू का होता है? इस तरह की बातें .....आज भी .....जबकि पढ़े-लिखों की कमी नहीं फिर भी हर बात बहू के चारों तरफ घुमाकर कही जाती है। अजीब है ये दोहरी जिन्दगी .....सभी इस बात पर आकर क्यों टिक जाते हैं कि घर की बहू नये, बढ़ते खर्चों के लिए जिम्मेदार है। बेटे के स्वभाव परिवर्तन के लिए बहू जिम्मेदार है। किसी के मुख से बेटे के लिए अच्छा पति होने को लेकर कुछ कहा

सहन की पराकाष्ठा

गया हो मुझे ध्यान नहीं। सास-ससुर से माँ-बाप .....सास-ससुर तो छोड़ो अपने माँ बाप भी यही समझाते हैं। सास-ससुर को ही माँ-बाप समझना, ससुराल ही सब कुछ है, पति का मुख न मारना। हर तरह से त्याग, त्याग, बस त्याग। नई तरंगित, उमंगित, जवानी की जीवनधारा को शादी के बाद जज्बातों और जिम्मेदारियों से लाद दिया जाता है।

मेरे ईजा-बौज्यू ने भी तो मुझे पढ़ा-लिखा कर कामयाब बनाने के ही सपने देखे होंगे। वही सपने आज मेरे हैं। तो क्या मैं गलत हूँ? कितना फर्क है वास्तविकता में जीने वालो में और जज्बातों में जीने वालो में। वास्तविकता में जीने वाले कितनी सहजता से मान लेते हैं, शादी कर अलग गृहस्थी बसा चुकी औलादों के लिए कैसे वो "बच्चे सटल हो गये" जैसे शब्दों का इस्तेमाल करते हैं, और जज्बातों में जीने वाले माँ-बाप हैं अपनी जिम्मेदारी तो निभानी ही हुई। शादी करा दी। अब चाहे पूछे या न पूछे। पूरी जिन्दगी इन्हीं की खातिर, अपने मन को मारकर ही गुजारी है। ऐसी बातों को सुन औसत बुद्धि और जज्बाती व्यक्ति अपने को दोराहे पर खड़ा पाता है। ऐसा लगता है .....जो पिछला देखा-सुना है, उसके दम पर और नियम पर चला नहीं जा सकता है, और आगे चलने में, देखने में कहीं पिछला छूट न जाये, ये डर भी बना रहता है। तो किया क्या जाए? अपने आप में अपने अंदर कुछ बुनता है फिर उधेड़ता है, फिर बुनता है फिर उधेड़ता है। बस .....यही क्रम चलता रहता है।

हम तीनों एक साथ नास्ता करने बैठे। जैसा मैं किचन में देखकर अंदाजा लगा रहा था उसी तरह तीनों के आगे नास्ता लगा हुआ था। दिशु अभी भी सो रही थी। घरवाली के चेहरे से मैं अंदाजा लगा सकता था कि वो अपने ही खयालों में कुछ ढूँढ़ रही है। जिस आजादी और इच्छाओं को ध्यान रखकर, अपने बच्चों का कल बेहतर बनाने का सपना लेकर, पहाड़ का घर छोड़ शहर आने की जिद पकड़ी थी, उस शहरी जिन्दगी में अब घुटन महसूस करने लगी थी। अपने में खोई, अपनी ही स्वतंत्रता तलाश रही थी।

मेरे मन में एक और डर उपजने लगा था। शायद उसके मन में भी। डर था भी। है भी। जिस जन्मभूमि से ताल्लुक रखते हैं, उसे ऐसे ही तो देव भूमि नहीं कहते। हमारा सच, सच नहीं रह जायेगा मगर .....ईजा-बौज्यु का मेरे लिए उठाया कष्ट .....अब तकलीफों में जीना। हमारे कल का सच बन जायेगा। जिस

रास्ते, उम्र के दौर से वो गुजर रहे हैं, उसी से हमें भी गुजरना है। लकड़ी एक सिरे से जलती है, तो दूसरे सिरे तक पहुँच जाती है। उनके द्वारा परेशानियों में बहाये आँसुओं का हिसाब देना पड़ सकता है। दुआएँ, दवाओं से ज्यादा कारगर साबित होती हैं। उनका दिया शुभ आशीष ही हमें भविष्य के लिए ताकत देगा। क्योंकि बेल बढ़े तो तना और वंश बढ़े तो जड़ जाग गई ही कहते हैं, अपने यहाँ। पहाड़ों में बसी इष्ट देवों की थात हुई। हमारी उनसे जुड़ी परम्परा, संस्कृति हुई। विश्वास अटूट ठहरा। उनमें होने वाली पुकार बेकार गई हो, ऐसा सुना नहीं। इन परम्पराओं को पुराना आडम्बर, ढोंग कहकर कुछ समय तक भूला जा सकता है, मगर हमेशा के लिए भुला देना .....इतना आसन .....मुमकिन है?

जब मैंने अपना ध्यान बदलने के लिए अपनी नजर घरवाली की तरफ से हटाकर अपने बेटे की तरफ घुमाई तो उसके चेहरे के हावभाव भी मुझे आराम, सुकून नहीं पहुँचा सके। बल्कि मेरे स्वभाव के मुताबिक मैं विचारों की और गहरी खाई में उतरता चला गया।

गौरव का मुख ऐसा दर्शा रहा था, जैसे कि बचपन में ही पीछे छुटने जैसा कुछ उसने भी खोया है। उसे अपने ईजा-बौज्यु की बेरुखी भरा तालमेल पूरी तरह समझ न आता हो, मगर बिल्कुल कुछ, समझ ही नहीं आता हो, ऐसा मैं नहीं मानता। कुछ उदासी .....उसके हिस्से आने लगी थी। गाँव में पढ़ रहा होता तो पाँचवीं से छठी में चला जाता। बेहतर पढ़ाई, पढ़ाई से बेहतर जीवन की बुनयाद की चाह जो उसके ईजा-बौज्यु ने उसके लिए बाँधी, वही उनकी चाह उसे एक कक्षा पीछे खींच ले गई। गाँव के प्राइमरी पाठशाला से पाँचवी कर छठी में उसका दाखिला राजकीय इंटर कॉलेज में हो जाता। शहरी स्कूल, जिसने उसकी गाँव की पढ़ाई को कमतर आँका, उसे दुबारा, उसी कक्षा में बिठा दिया। दिल्ली आने से उससे उसकी आजादी छीन गई। दोस्त छूट गये, जिनसे उसे लगाव था। गाँव में कहीं भी, आने-जाने में, रोक-टोक नहीं थी। उसकी ईजा का उसे जरा भी डाँटने पर अम्मा-बूबू (दादा दादी) का सहारा .....हमेशा उसी का पक्ष लेते। ये सबसे बड़ी बात थी।

गौरव की तबीयत दिल्ली आने पर, शुरूआत में अक्सर बिगड़ती रही थी। कभी कुछ तो कभी कुछ। ब्लैड, यूरीन के कई टेस्ट कराये, कुछ भी नहीं निकला। कभी सिर में दर्द बताता तो कभी पेट में, कभी नाभि से नीचे तो कभी

कान में। डाक्टर जो भी लिखता, सभी टेस्ट कराये गये। आखिर उसकी तबीयत को पानी चेंज होना ही मान लिया गया। मगर उसके मन के माहौल में आये परिवर्तन को समझने की कोशिश कभी किसी ने नहीं की।

ये मतकर, वो मतकर, बाल्टी का पानी मत फैला, बाथरूम में मत घुस, किचन में गैस का पाइप मत खींच, किताबें मत फाड़, टोकरी से सब्जियाँ मत फैला .....मत कर - मत कर, कहते-कहते मेरी घरवाली का मुँह नहीं थकता था। खैर, अब ज़रा उसमें भी, आँखे दिखाने का डर बिठा दिया गया है। गौरव से चार साल छोटी है दिशु। दिशा बहुत छोटी थी, जब दिल्ली के छोटे से घर में, रहने बसने के नाम पर आये। गौरव ने तो गाँव का खुला आँगन देखा .....मगर दिशु की यादों में वह सब बहुत जल्दी धुल गया, और यहाँ थी तो हर तरफ, दीवार।

खैर अब कुछ-कुछ समझदार हो गई है।

जिस उज्ज्वल भविष्य का सपना लिए बच्चों को लेकर आया जैसे उसी भविष्य को कैद कर दिया था। बच्चों के लिए संसार एक छोटे से फ़्लैट में सिमटकर रह गया। जिनका आने वाला कल सँवारने के लिए अपना आज-कल भूलाये बैठे हैं, उन्हें दिन रात की बिजली की चकाचौंध में पता भी नहीं चलता कौन सा समय बीता हुआ कल बनता जा रहा है और कब सूरज आकर कल का आज, बनने की ओर बढ़ना शुरू कर चुका है। सूरज न तो उगता दिखता है, न डूबता। बार-बार नजरें पड़ती हैं, तो दीवार पर लटकती घड़ी पर। जिसकी सुइयाँ ही सभी के लिए, पूरी दिनचर्या की रूपरेखा तैयार करने के लिए उपर्युक्त भी है, और मार्गदर्शक भी। जिस पिछली पीढ़ी से वैचारिक, जज्बाती और वक्त की माँग जैसी बातों की दुहाई देकर, दूर रहकर आजादी चाही, और अपने आने वाले भविष्य के लिए तैयार की जा रही पीढ़ी के लिए उत्तम समझते रहे, वही वैचारिक, जज्बाती वक्त की माँग की जंजीरें नई पीढ़ी की शुरूआत होते ही, बचपन में ही, उनके पैरों में डाल दी।

सुबह उठकर स्कूल, घर आकर होमवर्क, उसके बाद ट्युशन, घर आकर रिविजन, जो इतनी पाबंदी बचपन से ही झेलता आयेगा, और जब इतना समझदार हो जायेगा कि खुद को कैद में समझने लगेगा, तो क्या उसके मन में भी खुद की आजादी की चाह का अंकुर नहीं फूटेगा? समय बदलता रहेगा .....

दुहराव भी होगा। बातों का भी, विचारों का भी। गाँव से शहर, शहरों से विदेश .....क्या कोई फर्क बचा है? बुनते रह जायेंगे तो .....कल की बातें .....अपने मन की बातें, अपने जज्बात .....और कुछ नहीं।

मैं सबसे पहले अपना नास्ता निबटा चुका था। गौरव भी नास्ता खत्म कर वॉशबेशन में अपने हाथ धो रहा था। घरवाली बर्तन समेट रही थी। मुझे बीड़ी की तलब लगी। मैं कमरे से बाहर निकलकर इस तलब पर अपना काबू खो बैठता उससे पहले ही अन्दर के कमरे से दिशा के खुनखुनाने की आवाज आयी, मैं उसके पास चला गया। वो जाग चुकी थी। मैंने उसे गोद में उठा लिया। उसके साथ खेलने का प्रयास करता, अपने मन को भटकने से रोकने का प्रयास करने लगा।

मेरी घरवली ने अपना काम निपटा लिया था। गौरव भी तैयार हो चुका था, और मैं पहले से ही तैयार था। दिशा को मैंने अपनी घरवाली की गोद में डाल दिया। मैं गौरव के साथ स्कूल जाने के लिए दरवाजे से बाहर निकला ही था कि मेन गेट पर जाकर मेरे पैर ठिठक से गये। गली में रात को हुई तेज बारिश से पानी भरा था। मैं गौरव का हाथ थामे मैन गेट पर ही खड़ा था। जो बारिश अब तक थमी थी, अब फिर से फुहार पड़ने लगी थी। चौमासा ही ठहरा, कब बरसने लगे क्या पता, कब तक ठहरे क्या पता। दिशु मेरे साथ चलने की जिद में रो रही थी।

कमरे से मैन गेट तक माऋ पन्द्रह बीस कदमों की दूरी पर मेरी घरवाली दौड़ कर आयी। मुझे छाता पकड़ा के जाते-जाते कहने लगी दोनों ही भीग जाओगे नहीं तो अभी .....छाता ले जाना तो भूल ही गये। ये शब्द मुझे छाता देकर कमरे की तरफ वापस जाते-जाते कहे गये थे। एक हाथ में बंद छाता, और एक हाथ में गौरव का हाथ लिए मैं वही खड़ा था। दरवाजा खुलने की आवाज सुनकर मैं दरवाजे की तरफ मुड़कर देखने लगा। मेरी घरवाली दरवाजा पकड़े वही से बोलने लगी छाते का एक सीक टुटा हुआ है, आराम से खोलना। मेरे मन का द्वंद जीवन्त हो उठा। स्वप्न की परछाइयाँ साक्षात सामने ही नजर आने लगी। मैं अभी भी मैन गेट के पास ही खड़ा था।

सपने सच होते हैं? सच होना .....सामने आने पर भी हम भ्रमित ही रहते

          सहन की पराकाष्ठा

हैं। खुली आँखें ही सब कुछ देखती हैं? धीरे-धीरे ....., या कहूँ कि मन की आखों की पलकें इतनी तेज-तेज झपकती हैं कि कुछ दिखे ही ना, या इतनी तेज कि जो कुछ देखते, उसे संजो ही नहीं पाते। खैर, जो भी हो। सच तो यह है कि अंतर-द्वन्द्व , अंतरविलाप मेरे भीतर का, थमने का नाम नहीं ले रहा था।

भीगने से बचने के लिए ऊपर मोड़ी हुई पेंट, लाठी के स्थान पर बेटे का हाथ थामे, एक हाथ में एक सीख टूटी काली छाता, कमरे के अंदर से आती घरवाली की आवाज, जो बेटी को मनाने में लगी थी, ऐसी लगी जैसे, अपने-आप से बातें कर रही हो। बेटी का रोना बंद हो चुका था। जाली वाले दरवाजे से दिख तो कुछ नहीं रहा था, बस ____ खुद से बातों जैसा महसूस होने की आवाज जाली से छनकर बाहर आ रही थी।

कुछ देर मैं ऐसे ही ____ विचारों में खोया, खड़ा ही रह गया। जब मेरे बेटे ने मुझे झकझोरा _____ पापा चलो देर हो जायेगी। अनायास ही मेरे होंठों पर एक अजीब मुस्कान आ कर बैठ गयी।

∗ ∗ ∗ ∗ ∗

९.
ईजा ..... ओ ईजा

मन की उफनती उठती गिरती विचार तरंग .....अजब सी कुलबुलाहट ..... मन कभी उद्वेलित होता .....तो कभी भयाग्रस्त बेचैनी थी। दीवार पर टंगी घड़ी की सुइयों पर बार-बार नजर पड़ती। समय का एक-एक पल, एक-एक सेकेण्ड, इतना लम्बा लगने लगा कि दीवार पर टंगी घड़ी से भरोसा उठने लगा था। कलाई की घड़ी पर नजर डालता, फिर समय का पुख्ता अंदाज लगाने के लिए जेब से मोबाइल निकालता, स्वीच दबाकर ऑन करता, चमकती रंगीन रोशनी की परत पर सुरक्षित की गई घड़ी पर भी नजर डालता। तीनो घड़ियों पर आँखे घुमाता, समय तो सामान रूप से ही चल रहा था। उतावलापन तो उसके स्वयं के भीतर ही था। उसके बार-बार देखने, न देखने से समय की रफ़्तार को कहाँ कोई फर्क पड़ना था।

बीती शाम सात बजे से सुबह के नौ बजे तक का समय छटपटाहट में ही कटा था। हर मिनट के अंतराल पर घड़ियों पर नजर डालने की बेचैनी में उसे पता नहीं की रात कैसे कटी। अब उसके लिए ये बता पाना मुश्किल था। आलस और नींद को प्यार से ग्रहण करने वाला रवि, रात झपकी भी ले पाया ऐसा बताने में अब वो स्वयं भी अक्षम था। घुटनों पर कुहनी टिकाये, गालों को हथेलियों में भरकर, जूतों से फर्श पर थपकी देता, माथे पर खिंची लकीरें, लाल आँखें, भौंहें उचकता होंठ भींचता, गहरी साँसे भरता रवि नर्सिंग होम के स्वागत कक्ष के सोफे पर बैठा था।

* * * * *

सुधा कल शाम से ही यहाँ नर्सिंग होम में भर्ती हुई थी। सुधा, रवि की पत्नी। सुधा ने जब कल शाम रवि से फोन पर जल्दी घर आने के लिए कहा था, तब उसे हल्का सा दर्द महसूस होने लगा था। रवि दफ्तर से घर पहुँच कर सुधा को लेकर सीधा यहाँ आ पहुँचा।

सब कुछ नॉर्मल है, बिल्कुल ठीक-ठाक है, बच्चे की धड़कन बिल्कुल

                                                    सहन की पराकाष्ठा

नॉर्मल चल रही है, घबराने की कोई बात नहीं है। पूरी तरह से जाँच कर डॉ. मिसेज भार्गव ने बड़ी संतुष्टि के साथ रवि को आस्वस्त किया था।

सुधा मातृत्व का सुख पाने के लिए खुशी-खुशी दर्द को सहन कर रही थी।

डॉ. मिसेज भार्गव के साथ-साथ रवि भी उनके केबिन में पहुँचा।

ठीक किया आपने, आप समय पर यहाँ ले आये, वैसे तो अभी टाइम लगेगा, डिलीवरी कल सुबह तक ही होगी। आपको तो पता ही है, मैंने पहले ही आपको बता दिया था, बच्चा अपनी जगह से थोड़ा नीचे है। मगर घबराने वाली कोई बात नहीं है। हाँ जरा माँ को पेन की शिकायत ज्यादा रहती है। घबराने की कोई बात नहीं है, आप बेफिक्र रहिए सब कुछ नॉर्मल ही होगा, आपकी वाइफ से तो ज्यादा तकलीफ में मुझे आप दिख रहे हैं। कहते-कहते वो अपना बैग काँधे पर ठीक से जमाते हुए अपने केबिन से बाहर चली गई थी।

उनके चले जाने के बाद रवि उसी कमरे में पहुँचा जहाँ सुधा बैड पर अधलेटी सी बैठी हुई थी। उसी कमरे में तीन चार बेड और भी लगे थे। सभी पर्दें की दीवारों से ढ़के हुए थे। प्रसूति के लिए यहाँ पहुँची सभी महिलाओं के साथ महिलाओं का ही पहरा था। अकेला रवि ही उस कमरे में पुरुष था।

डॉक्टर बता के गई है, जो भी होगा सुबह ही होगा, अभी टाइम है ..... अपनी बात कहता रवि सुधा के पास ही खड़ा था। सुधा, रवि के चहरे को देख रही थी। और अंदाज लगा रही थी, उसकी बेचैनी और उसके चिंतित मन का। सुधा कुछ बोलने को ही थी कि नर्स ने आकर रवि को बाहर जाने के लिए कह दिया।

प्लीज ......आप बाहर जाकर बैठिए।

यहाँ सभी के साथ कोई-कोई है मगर इनके साथ कोई नहीं है .....रवि ने कहा।

घबराइये नहीं .....मैं आपकी बात समझ सकती हूँ .....गनीमत समझिए..... ये तो प्राइवेट नर्सिंग होम है .....और आप यहाँ अपनी बीवी के पास खड़े हैं। किसी सरकारी अस्पताल में होते तो बाहर सीढियों पर खड़े होकर वार्ड से आती रोने-धोने, चीखने-चिल्लाने की आवाज चुपचाप सुन रहे होते .....बीवी के पास जाना तो दूर .....आप इनकी आवाज भी नहीं पहचान पाते। व्यंग भरे अंदाज

में अपनी बात कहकर वो दक्षिण भारतीय नर्स मुस्कुराने लगी। उस समय रवि के मन को उस नर्स की मुस्कुराहट चिढ़ाने वाली सी ही लगी। मगर क्या जो कहता, क्या जो करता। चुपचाप बाहर आकर बैंच पर बैठ गया।

रातभर रवि बेचैन सा बैंच पर पड़ा रहा। थोड़ी-थोड़ी देर में उठकर उस गेट तक जाता जहाँ से ठीक सामने वाले बेड पर उसे सुधा नजर आती। पहले कुछ चक्कर लगाने पर वह सुधा को देख वापस बैंच पर बैठ गया लेकिन बाद में सफ़ेद पर्दों से घिरी सुधा उसे छाया की तरह ही दिखने लगी। पंखे की हल्की हवा से धीरे-धीरे हिलते पर्दे के पार हिलती-डुलती परछाई देख वह और भी बेचैन हो उठता। कुछ काम तो था नहीं करने को। रवि के पास मौका ही मौका था, अपने भीतर उठते उफान को फींटते रहने का। अपने अतीत को कुरेदने का। अपने अनुभवों के मर्म को फिर से समझने का।

छोटी उम्र से ही गाम्भीर्य का चोला ओढ़ चुका रवि, अपने अतीत के पन्ने .....यादों की गहराई में डुबता, देखी हुई परिस्तिथियाँ, वो हालात, उसका खुद का स्वभाव, जीवन के उतार चढ़ाव, अपने और अपनों के दर्द का अनुभव, कही-सुनी बातों का दर्पण आँखों के सामने तैरना, भावनाओं में छटपटाना, नारी .....नहीं नहीं .....जीवन संगिनी का महत्व .....जज्बातों की रौ में बहता, पेज दर पेज पढ़ने की कोशिश करता और पलटता रहा। गंभीर स्वभाव वाले रवि को आज, कुछ ज्यादा ही, ऐसा अनुभव हो रहा था जिससे कि दूसरे का दर्द, मानसिकता और जज्बातों को समझने की सीख मिल रही थी। उसके मन में उसका बचपन, जवानी और फिर गृहस्थी, सबका खयाल एक साथ गुडमुड हो रहा था। नारी जीवन संगिनी बनकर जीवन में किस तरह से मानसिक, शारीरिक, वैचारिक परिवर्तन ला देती है, इस बात का एहसास उसे आज से पहले इस गहराई तक कभी भी महसूस नहीं हुआ था।

जहाँ मातृत्व के सुखी जीवन और गृहस्थी में परिवार के नये सदस्य के आगमन के इन्तजार में सुधा प्रसव पीड़ा को झेल रही थी तो वहीं उसके साथ रवि भी उससे कही अधिक मानसिक पीड़ा का अनुभव कर रहा था। आज से पहले रवि के लिए शादी एक साधारण सामाजिक प्रक्रिया जैसी ही थी। पिछली से पिछली उन्नीस अप्रैल को शादी के बाद से कल तक तो वह ऐसा ही सोचता था। मगर आज जैसे उसके विचारों ने पलटी मार दी थी। घर-गृहस्थी, बीवी-

बच्चे, परिवार-समाज, सबके लिए उसका नजरिया और उनका महत्व बढ़ता ही जा रहा था। कैसे? .....चाहे घर बसना हो, चाहे शारीरिक मानसिक सुख, चाहे अगली पीढ़ी को अंकुरित करना हो .....नारी का योगदान भी कैसा होता है। हर दर्द को अपने में छुपाती चलती चली जाती है .....असहनीय से असहनीय पीड़ा भी।

रवि को अपनी ईजा की बहुत याद आ रही थी।

रवि सात-आठ और पिंकी ढाई-तीन साल की ही रही होगी जब उनकी ईजा उन्हें हमेशा-हमेशा के लिए छोड़ कर चली गई थी।

बौज्यु फ़ौज में थे। अब रिटायर होने बाद गाँव में ही रहते हैं।

ईजा के गुजरने के बाद उसके बौज्यु दो महीने घर पर ही रहे थे। छुट्टियाँ लेकर या फिर बिना छुट्टियों के, ये सिर्फ वही जानते थे। आमा-बुबु पहले ही गुजर चुके थे। रवि, पिंकी का खयाल रखता और बौज्यु बाकी के सारे कामों का। रवि के बौज्यु की उमर, बस बत्तीस तैंतीस के करीब ही रही होगी। बेजान सी गृहस्थी को चलाते बौज्यु कभी-कभी फ़ौजी सनक में चिल्लाते तो डर के मारे रवि, पिंकी को गोद में समेटे गोठ, एक कोने में दुबक कर चुपचाप बैठ जाता। दरअसल में उनका गुस्सा अपने बच्चों पर नहीं अपनी बेजान, निरस सी हो गई जिंदगी पर होता था। किसी ने ठीक ही कहा है अक्ल और उमर को कभी भेंट नहीं होती, रवि आज इस बात पर भी गौर करने में अपनी ताकत झोंक रहा था। रात में जब वो दोनों सो जाते तो बौज्यु उदासी ओढ़े बैठे रहते, उनके सिर पर हाथ फेरते रहते। धुँधलाये ही सही मगर रवि के गन गें आज भी वे चित जिन्दा थे।

उसकी उमर इतनी तो नहीं थी कि वो इतनी बड़ी क्षति को सही तरीके से समझ पाता। जिंदगी किस मोड़ मुड़ चुकी थी, ठीक से आंकलन कर पाता। मगर पास-पड़ोस, गाँव के लोग, नाते रिश्तेदार, जो भी मिलता बस यही जताता, दोहरा दोहरा कर कहता .....ईजा नहीं रही।

दौ .....छोड़ गई रे .....निर्मोही ही रही।

अब तू बड़ा हो गया है, समझने लायक भी है, तेरे बौज्यु की दीठ(नजर) भी अब तुम्हीं पर ठैरी, अपने बौज्यु का कहना माना कर। भुली (छोटी बहिन) तेरी अभी छोटी ही हुई, उसे तो ईजा की सिक्ल (सूरत) भी याद नहीं रहेगी।

अपनी भुली का खयाल रखा कर तभी तो पका कर देंगे तुम्हें। सभी का खुद पर इस तरह तरश खाते हुए समझाना, बेचारगी दिखाना, रवि के कानों में आज भी कल्ल-कल्ल करती वो बातें गूँजती सी महसूस होती हैं। बार-बार की वही बातों ने रवि पर ऐसा असर डाला कि वो अपना बचपना ही भूल सा गया। पिंकी की देखभाल और बौज्यु का हाथ बटाने के काम ने उसके स्वभाव को गंभीरता से भर दिया। उसके लिए अच्छा- बुरा, हँसना-रोना, पहचानना मुश्किल सा हो गया था। याद रहती तो केवल अपनी जिम्मेदारी।

जैसे-जैसे दिन बीतते जा रहे थे बौज्यु की परेशानी और चिंता बढ़ती जा रही थी। उनके लिए ये फैसला करना मुश्किल होता जा रहा था कि आखिर नौकरी छोड़ी जाये या फिर अपने बच्चों को किसी दूसरे के पास।

फिर एक दिन नंदुका (नंदू चाचा), पोस्टमैन, एक डाक लेकर आये जिस पर की आर्मी पोस्ट ऑफिस की मुहर लगी थी। वो सरकारी फरमान बौज्यु के लिए था। जिसमें ड्यूटी पर लौटने का आदेश था। परेशान बौज्यु अगली सुबह ही रवि और पिंकी को लेकर अपनी बहन के घर जा पहुँचे। और फैसला ये हुआ कि जब तक कुछ नया बंदोबस्त नहीं हो जाता तब तक के लिए बच्चे उन्हीं के पास रहेंगे। गृहस्थी चलाने के लिए नौकरी की कितनी जरूरत है, पर भी बातें हुई। दोनों को उनके मकोट भेजने पर भी विचार हुआ। अब जब बौज्यु पहले अपनी बहन के पास पहुँच गये तो बुआ के लिए इस बात पर जोर देना जरा मुश्किल हो गया की मकोट ही भेज दो।

द्न्यार (छत के किनारे) की छाया से आधा चौंथरा घाम का साथ छोड़ चुका था। दोपहर ढल चुकी थी। भुली को गोद में लिए रवि, चौंथरे की दीवार से टिका रुआँसा मुँह लिए अपने बौज्यु को जाता देखता रहा। भरी पूरी गृहस्थी पूरी तरह बिखर चुकी थी। घरवाली तो सदा के लिए जा ही चुकी थी और बच्चे दूसरे के भरोसे। लिपे-पुते सजे सँवरे घर पर ताला पड़ चुका था। छानी के गाय, भैंस, बैल पहले ही बिक चुके थे। छाती में पत्थर रखकर, आँसुओं को घोंटते हुए, गले में रुलाई दबाने का दर्द लिए, बौज्यु आखिर हालात से मजबूर होकर ही तो गये थे। रवि हालात से मजबूर उनकी सिक्ल्ल को आज तक नहीं भूल पाया है। ऊपर से जैसा की उसको उसके बौज्यु बताते हैं, फ़ौज के बारे में, डाक भेजने पर भी जब वो समय पर नहीं पहुँचे होंगे तो न जाने उन्हें क्या सजा मिली होगी

.....मालूम नहीं।

बुआ के घर रहते हुए बौज्यु के लौट आने के इन्तजार में आखिर छः महीने कट ही गये। रवि को ऐसा तो कुछ याद नहीं आ रहा कि कभी बुआ ने उससे कुछ कहा हो या डाँटा हो। हाँ मगर हर बात पर उनका तरश खाता व्यवहार उसे अच्छा नहीं लगता था। वो अपने बच्चों को भी डाँटती तो ऐसा ही लगता की इस डाँट में वो भी शामिल ही है। बुआ के बच्चे सयाने हो गये थे। पिंकी की नाक बहती या टट्टी पेशाब कर देती तो वे चिना जाती। उनके चेहरे के बनते बिगड़ते भावों को रवि मायूस होकर देखता रहता। फिर धीरे-धीरे रवि ने पिंकी की नाक साफ़ करना हो या फिर धुलाई करना हो, खुद ही करना शुरू कर दिया। रवि को ईजा की कमी का अंदाजा लगने लगा था।

'अ' ठीक से बना, पाटी(स्लेट) गोद में मत रख, ये क्या किया?.....सारे कपड़ों पे झोल (कालिख) लगा दिया, मैं कह रही हूँ न ठीक से भर, कमेटु (चिकनी मिट्टी का घोल) के छींटे क्यों मार रहा है, कलम ठीक से पकड़, अभी बताया था न कैसे पकड़ते हैं .....ये ईजा की कही वो बातें थी जो तब कही गई थी जब रवि ने स्कूल जाना शुरू ही किया था। ईजा उससे पाटी पर चौक लिखे 'अ' 'आ' कमेटु से भरवाती थी। और जब बीच में ही पिंकी रो पड़ती तो वो ईजा की डाँट से बच जाता था। ईजा उसके सामने से उठकर जाती और पिंकी को गोद में उठा लेती। रवि जैसे अपनी भुली के रोने का इन्तजार सा करता ताकि वो डाँट खाने से बच सके। दूसरी में था रवि जब उसकी ईजा .....। सब कुछ बदल चुका था। अब जब भी पिंकी रोती उसे अक्सर यही बातें याद आने लगती थी।

इन छः महीनों में उसके मकोट (ननिहाल) के बुबु (नाना) कितनी ही बार उसकी बुआ के घर उनको देखने आये थे। कुछ मौकों पर रवि ने मकोट के बुबु को कहते सुना था कि वे उनको अपने साथ ले जाना चाहते हैं। मगर हर बार बुआ अपना लाचारगी भरा मुँह बनाकर, रवि और पिंकी के लिए तरश खाती आवाज में उन्हें मना कर देती .....जिस भरोसे से मेरा भाई अपने बच्चों को मेरे पास छोड़ गया है उसके आने तक मेरे ही पास रहेंगे। बुआ का अंदाज कुछ इस तरह का होता जैसे किरायेदार अपना सामान छोड़ कर लम्बे समय के लिए कहीं चला गया हो ओर उसके आते ही वे उसका सामान लेकर जाने को कहकर अपना मकान उससे खाली करावा लेंगी। दोनों बच्चों को देखकर बुबु खुश होते

और लौटते समय चिंता की कुछ लकीरें उनके माथे पर खिंच जाती थी। बाद-बाद में बुबु के साथ कैंजा (मौसी, माँ की छोटी बहिन) भी कई बार उनसे मिलने आने लगी थी।

जून की गर्मियाँ थी। जब छः महीने बाद बौज्यु घर आये थे। दोनों को लेने के लिए बुआ के घर पहुँचे। एक दिन वहीं रुके अगले दिन तीनों अपने घर लौट आये।

बारिश से चौंथरे की गोबर मिट्टी की लिपाई उखड़ चुकी थी। पाथरों की दरारों में घास उग आयी थी। आँगन के साथ खड़े आम के पेड़ के पत्तों से चौंथरा, सीढ़ियाँ सब ढ़की हुई थी। घर उजाड़ लग रहा था। दरवाजे पर लटकते ताले पर जंग लग चुका था। दरवाजे की कुण्डी ने खुलने में बड़ी चर्र-मर्र की थी। जब अन्दर गये तो देखा हर तरफ जाले लगे थे। कोनों में चूहों ने मिट्टी के ढेर इकट्ठा कर रखे थे। गृहस्थी और गृहस्थी में गृहणी की कमी, बयान कर रहा था वीरान, उदास, बिखरा पड़ा घर .....घर कहाँ रह गया था .....बस रोता हुआ सा एक मकान रहा गया था।

बौज्यु पूरा दिन घर की सफाई में जुटे रहे। रवि हर कोने में जाकर अपने पुराने खिलौने, स्कूल का बस्ता, वो पाटी .....जो एक कोने में खड़ी थी, पिंकी के छोटे-छोटे जुते, वो डिब्बा .....जिसमें वो अपनी भुली से छुपाकर टॉफियाँ रखा करता था, ढूँढ़-ढूँढ़ कर, निकालकर, पिंकी को खेलने के लिए देने लगा। संतरे वाली कुछ टॉफियाँ अभी भी डिब्बे पर चिपकी हुई थी। ईजा ही उसे इस तरह छिपाकर रखने को कहती थी। .....छिपाकर रख, पिंकी के हाथ नहीं पड़नी चाहिए, उसे तो जो मिल जाय मुँह में डाल देती है, गले में फँस गई तो। ईजा की याद आते ही उसके चहरे पर उदासी छा जाती। ईजा दिखती तो इस बात के जवाब में झट से कह देता .....ईजा पिंकी अब बड़ी हो गई। अब तो बिना ईजा के भी दूसरे के साथ रहकर खाना सीख गई है।

कितने दिन बाद, ये तो ठीक से याद नहीं, मगर आये जरूर थे, मकोट के बुबु, उनके घर। उस रात जब खाना खाकर रवि और पिंकी तो मालखन अपनी गुदड़ी में पसर गये मगर चाख में बैठे बुबु और बौज्यु की आपस में बातें चलती रही। रवि को उनके जागने का पता तब चला जब आधी रात में उसकी आँख

                    सहन की पराकाष्ठा

खुली तो देखा .....चाख की दीवारों पर पीठ टिकाये उसके बौज्यु और बुबु दोनों आमने-सामने बैठे थे। बुबु, बौज्यु को कुछ समझा रहे थे। क्या समझा रहे थे रवि का उनींदी दिमाग और कान कुछ समझ नहीं पाये थे। सुबह उठकर भी कुछ ठीक से याद नहीं आ रहा था उसे। हाँ रात में काफी देर तक आमने-सामने बैठकर उनका बातें करना याद था उसे। सुबह जल्दी उठकर दोनों बच्चों को बौज्यु ने ही तैयार किया था .....जल्दी-जल्दी बाबू, बाद में घाम तेज हो जायेगा। हम बुबु के साथ उनके घर जा रहे हैं। इन बातों से रवि के अन्दर एक नया डर भर गया। क्या हो रहा है? कभी बुआ के यहाँ .....तो अब मकोट। सब कुछ समझने की उमर ही कहाँ थी, मगर हालातों ने अपने से ज्यादा सीखना समझना सिखला दिया था उसे।

उस रात भी मकोट में बातों का सिलसिला चलता रहा। इस बार आमा बुबु मामा कैंजा सभी बातों में शामिल थे। सभी बौज्यु को ही घेरकर बैठे थे। आधी रात को जब रवि मालखन (ऊपरी मंजिल का अंदर वाला भाग) से उठकर चाख (ऊपरी मंजिल का बाहरी भाग) में आया, क्योंकि उसे पेशाब के लिए बाहर जाना था, तभी उसने सभी को चाख में बैठे देखा था। उसे देखकर उसकी कैंजा उठी, जो उठने से पहले गर्दन झुकाये चुपचाप बैठी थी, उसे लेकर बाहर उसका साथ करने को आई थी। उनींदा सा रवि फिर अन्दर जाकर अपनी जगह पर सो गया।

सुबह यही कोई नौ-दस के आस-पास का समय रहा होगा जब हरिओम हरिओम करते, धोती कुर्ता पहने, गर्दन में लाल रंग का तौलिया लपेटे, काँधे पर लम्बे फीते का छोला लटकाये, एक पंडितजी महराज आये थे। क्या तैयारी चल रही है इन सब बातों से वह अंजान था। फिर भी वो अपनी क्षमतानुसार अंदाजा लगाने की कोशिश कर रहा था। उस दिन तो चले गये। फिर जब अगले दिन आये तो कुछ पाठ हवन भी हुआ। सभी लोग एक साथ बैठे थे। रवि अपने बुबु और पिंकी आमा की गोद में बैठे थे। दिन भर के कार्यक्रम के चलते जब शाम के समय बौज्यु रवि, पिंकी को लेकर अपने घर जाने लगे तो उनके साथ अब उनकी कैंजा भी थी।

बौज्यु से दस-बारह साल छोटी कैंजा ..... अब रवि और पिंकी की नई ईजा बन चुकी थी।

अब ये सब यादों को सोचकर रवि के अन्दर के आँसुओं की गठरी उसकी छाती में दुखने लगी थी। कहाँ जिंदगी के इतने उतार-चढ़ाव देख चुके, परिपक्व हो चुके बौज्यु और कहाँ नई उमंगों, तरंगों, आने वाले कल के लिए नई-नई कल्पनाओं को सोचती विचारती कैंजा। पुराने रिश्तों को नींव में दबाकर नये रिश्ते चिन दिए गये। रवि आज उन सब बातों के लिए आश्चर्य जता रहा था जो उसे ये सब होते समय ठीक-ठीक समझ नहीं आये थे। आखिर कैसे कैंजा ने स्नेह, प्यार, ममता, को अपने में समेटकर अपनी इच्छाओं को दबाया होगा? जिम्मेदारी से भरे नये रिश्ते और गृहस्थी को सँभालने की ठानी होगी? कैसे अपने ही भीतर अपने मन की भावना को दबाकर दूसरों की भावनाओं को जगह दी होगी? कैसे खुद को इतना शालीन, गंभीर, ममतालु और जिम्मेदार बनाया होगा? जैसे कि वह आज भी हैं।

पिंकी तो कुछ ही दिनों में नई ईजा को .....पहले वाली कैंजा को .....पूरी तरह ईजा ही मान चुकी थी। और रवि तब क्या .....शायद आज भी .....कैंजा को ईजा कहने में संकोच से भर जाता। वह खुद नहीं जानता की कौन सी ऐसी बात है जो उसे कैंजा को ईजा कहने से रोक देती है। जबकि कैंजा ने ऐसी कोई भी कमी नहीं होने दी की उसे ईजा ना माना जाये।

बौज्यु की छुट्टियाँ एक महीने की ही थी। जून के आखरी में वे अपनी ड्यूटी पर लौटने वाले थे। जाते समय जो परेशानी उसने अपने बौज्यु के मुख पर देखी थी, रवि उस वक्त तो नहीं पर, आज अंदाजा लगाने की कोशिश कर रहा था। अपने बच्चों की फ़िक्र के साथ-साथ उन्हें कैंजा के नये किरदार को निभा पाने को लेकर भी चिंता कम नहीं थी। रवि की गंभीरता बनी रही। उसे नई ईजा के आने की खुशी थी या नहीं उसे मालूम नहीं। मगर हाँ, दूसरे के घर रहने के बजाय अपने ही घर पर रहने की ख़ुशी जरूर थी। बौज्यु जब जाने की तैयारी में अपना सामान बक्से में लगा रहे थे तो उसने देख लिया था कि अखबार में लिपटी, लाल-पीले रक्षा धागे में बँधी वो चीज क्या थी। ईजा-बौज्यु की वो तस्वीर जो चाख की दीवार पर टँगी रहती थी, उतारकर सँभाली जा रही थी। इस तस्वीर के अलावा भी उसकी ईजा की कोई तस्वीर घर में थी या नहीं उसे पता नहीं था। पटरी पर खड़ी जिंदगी को तो आगे चलना ही था। सो आगे बढ़ गई।

पहली जुलाई। नई ईजा के साथ। नई ईजा की गोद में पिंकी थी। रवि

　　　　　सहन की पराकाष्ठा

की उँगली थामी मगर रवि ने अपनी उँगली छुड़ा ली। वे उसे भी अपने साथ चलाना चाहती थी मगर रवि नये रिश्ते में घुल नहीं पा रहा था। तीनों स्कूल जा पहुँचे। गाँव के प्राईमरी स्कूल के हेडमास्टरसाब से बात करके रवि को तीसरी कक्षा में दाखिल कर दिया गया। भले ही दूसरी में छः महीने तक स्कूल न आने का वही तरश खाने वाला ब्यौरा दिया गया। मगर रवि को इस बार ज्यादा बुरा नहीं लगा बल्कि उसे इस बात की खुशी हुई की वह उन्ही बच्चों से जा मिला था जिन्हें वो पहले से जानता था।

घर, घर वाले रंग, गृहस्थी, गृहस्थी वाले ढंग, पिंकी की तरफ से बेफिक्र सा रवि गंभीर स्वभाव का होता चला गया। उसे भी ईजा की कमी धीरे-धीरे कम महसूस होने लगी। ईजा की याद धुँधली होने लगी। वो तस्वीर वाला रिश्ता भी जैसे उसने अपने मन में अखबार पर लपेट कर रख दिया हो।

अपनी उँगलियों को चटकाता रवि नर्सिंग होम के बाथरूम की ओर चल दिया। आँखों पर पानी के छींटे मारे और वापस आकर उसी बैंच पर बैठ गया। वो यादों में इस तरह खो गया था कि बार-बार घड़ी की तरफ देखकर बेचैन होना थोड़ी देर के लिए थम सा गया था। उसकी आँखों के आगे बार-बार उसकी ईजा की तस्वीर आने लगी थी। एक लम्बा समयांतराल गुजर जाने से अब उस दिमागी तस्वीर पर धुँध जरूर चढ़ चुकी थी। मगर धुँधली ही सही रवि उस परछाई जैसी तस्वीर को अपनी आँखों के आगे से हटा नहीं पा रहा था।

रवि नौवीं में था जब उसके बौज्यु फौज की सफल सर्विस से रिटायर होकर आ गये थे। बौज्यु ने घर आकर सबसे पहला काम ये किया कि हरिद्वार ले जाकर रवि का बरपन करा दिया। दूसरी बार जाकर रवि के हाथों ईजा का श्राद्ध टीप लाये। उसके बाद से लगातार .....रवि साल में दो बार ईजा की उस तस्वीर को देखता जिसे बौज्यु ने दोनों की युगल तस्वीर से निकाल कर ईजा की एकल तस्वीर बनाई थी। मौका .....दुख-दाई मगर याद करने का होता .....ईजा का श्राद्ध। पहला मौका, तिथि श्राद्ध और दूसरा असोज के श्राद्धों में। फिर बौज्यु पहले की तरह ही ईजा की तस्वीर से माला उतारते, अखबार में लपेटते, सँभाल देते। रवि सोचता था, अंदाजा लगाता था कि आखिर ईजा की तस्वीर को सँभालने का क्या कारण था? जबकि आमा बुबु की तस्वीरें तो हमेशा ही दीवार पर लगी ही रहती थी। तब की बात का अंदाज, वो आज लगा रहा था। शायद यही की दुखी

करने वाली यादों की परछाई उनके बच्चों पर साये की तरह न बनी रहे या ये भी कि रवि और पिंकी दोनों नई ईजा के साथ रहकर पुराने दुखदायी क्षणों को भूल जायें। शायद दोनों .....कुछ भी .....या कुछ और ही।

नई ईजा से उसे अब अपने भाई का खयाल आने लगा। नवीन उसका भाई। अजब सी हालत होने लगी थी रवि की, जब से नवीन थोड़ा बहुत समझने वाला हुआ। नवीन को कैंजा यही समझाती कि रवि उससे बड़ा है। उसे उसकी बात माननी चाहिए। कभी डाँट भी दे तो क्या हुआ .....बड़ा भाई है। और जब कभी बौज्यु रवि को कुछ समझाते तो वे यही कहते .....नवीन उससे छोटा है, नासमझ है, उसकी बातों का सही-गलत कोई मतलब नहीं है अभी। रवि को उसका खयाल रखना चाहिए। परिवार के दोनों बड़ों के बीच पिंकी थी, जिसके पास रवि और नवीन को लेकर, अलग-अलग कोई भी विचार मन में नहीं थे। कैंजा ही उसके लिए ईजा थी और रवि,नवीन दो भाई।

नई ईजा और बौज्यु का इस तरह समझाना इतना असरदार साबित हुआ कि कभी भी रवि और नवीन के बीच मनमुटाव वाली कोई बात पैदा ही नहीं हुई। होती भी कैसे, क्योंकि रवि कभी भी नवीन की शरारतों पर कोई प्रतिक्रिया देता ही नहीं था। नई ईजा और बौज्यु रवि के मन की इस मजबूती को जानते भी थे और उसके इस कम बोलने वाले स्वभाव से डरते भी थे। ईजा बौज्यु की तरफ से दोनों ही सौतेले व्यवहार को जानते ही नहीं थे। नवीन छोटा था शायद वो रवि से कम समझदार भी, मगर रवि ने तो सारी परिस्थितियाँ अपनी यादों में संजोई थी। सारी यादों, बातों को अपने में समेटता रवि गंभीर ही बना रहता। बारहवीं करने बाद रवि अपने मामा के पास दिल्ली चला आया था। कुछ दिन उनके साथ रहा भी। मगर उसका स्वभाव उनके साथ तालमेल नहीं बिठा सका। वह अलग किराये का कमरा लेकर रहने लगा। हाँ .....मामा परदेश में अपनेपन का सहारा जरूर थे उसके लिए। उसने दिल्ली यूनिवर्सिटी से ओपन से ग्रेजुएशन की पढ़ाई और साथ में कम्प्यूटर कोर्स करना शुरू कर दिया। और दोनों ही साथ-साथ पास करने के उपरान्त नौकरी शुरू कर दी।

बचपन से अब तक के देखे उतार चढावों को यादों में बुनता उधेड़ता रहता। नौकरी शुरू की तो उसी में जी जान से जुट गया। वो अपना काम भी वैसे ही करता जैसे वह अपनी ही जिन्दगी में आये एरर, कोड्स को हल कर रहा हो।

          सहन की पराकाष्ठा

पूरी रात बीत गई रवि को इसका पता ही न चला।

सुबह के नौ बज चुके थे। डॉ. मिसेज भर्गव अभी आई नहीं थी। रवि अन्दर बाहर ही चक्कर काटने में लगा था। कितनी ही बार सुधा से उसका हाल पूछ चुका था। रवि के मन की बेचैनी बढ़ती ही जा रही थी। सुधा की लाल होती आँखें और चहरे का खिंचाव उसकी पीड़ा को स्पष्ट बता रहा था कि उसे किस पीड़ा से गुजरना पड़ रहा था। डॉ. के आने को लेकर रवि कितनी ही बार उस दक्षिण भारतीय नर्स से पूछ चुका था जो उसे सुबह से सुधा वाले हॉल में आते-जाते दिख रही थी। हर बार वह एक ही जवाब देती .....हाँ अभी आने वाली हैं .....अभी उनसे फोन पे बात हुई है .....उन्होंने जो जो कहा है हम वही कर रहे हैं .....आप तो बेवजह परेशान हो रहे हो। जो दवाइयाँ देनी थी दे दी .....मैडम अभी आ रही हैं। मगर रवि कहाँ जनता था कि प्रसव पीड़ा में दवा दर्द कम करने की दी जाती है या दर्द बढ़ाने की।

दस बजे के आसपास का समय हो गया था। डॉ. आयी और सीधे ही सबका हाल जानने के लिए हॉल में गई। और फिर प्रसूति के लिए आयी महिलाओं के साथ आये हुए लोगों को एक-एक कर अपने केबिन में बुलाने लगी। रवि को भी बुलाया गया। रवि कुछ बोलता इससे पहले ही डॉ. ने उसके हाथ में एक पर्चा थमा दिया .....केमिस्ट से ये दवायें ले आइये इनकी जरूरत पड़ेगी और हाँ बगल वाली दुकान से एक टॉवल भी लेते आइयेगा।
रवि हाथ में पर्चा थामे केबिन से बाहर निकला तो उसे फिर से ईजा बौज्यु ईष्ट देवता सब याद आने लगे कुछ पुरानी और कुछ नई बातों ने मिलकर उसके भीतर एक अजीब सी घबराहट भर दी थी।

पिछली अप्रैल में कैसे संयोग से उसकी और पिंकी की शादी एक साथ तय हुई थी पहले दिन पिंकी की विदाई हुई तो अगले ही दिन सुधा का गृह प्रवेश। किस तरह नई ईजा ने पिंकी को कलेजे के टुकड़े की तरह विदा किया और सुधा को गृहलक्ष्मी की तरह गले लगाया था। पूरी ताकत, ईमानदारी, जिम्मेदारी से निभाया था उन्होंने अपना ईजा होने का फर्ज। तब से जब भी रवि अपनी ईजा के बारे में सोचता तो आधा अधूरा ही सही कैंजा का चेहरा भी उसकी आँखों के सामने आने लगा था। कभी-कभी खुद से भी पूछने लगा था कि आज तक वह दिल से, खुली आवाज में कैंजा को ईजा क्यों नहीं कह पाया?

पर्चे को देखता हुआ रवि केमिस्ट के पास पहुँचा और अपने हाथ का पर्चा उसे थमा दिया। वैसे कुछ खास नहीं लिखा था उस पर्चे में, बस वही साधारण सी दवायें लिखी थी। बीटाडीन, कॉटन, क्लिप, पैड, सेवलॉन ऐसी ही एक दो दवायें और। ये सब लेकर वह अगली दुकान पर गया और एक नया तौलिया भी लेता आया।

जब वह ये सब लेकर उसी दक्षिण भारतीय नर्स के पास पहुँचा तब तक सुधा को दूसरे रूम में सिफ्ट कर दिया गया था। नर्स से पूछने पर उसने बताया था। आप फ़िक्र मत कीजिए, बैठिए .....डॉ. अन्दर ही हैं। नर्स ने रवि के हाथ से सामान लिया और वो भी उसी रूम में चली गई। नर्स रवि से कुछ बोली और कुछ इशारे से समझाया। रवि की घबराहट और तेज हो गई। घबराहट किस तरह की थी, इस तरह के हालात में शायद ही कोई बता पाया होगा। रवि फिर से बेचैन सी अवस्था में बैंच पर बैठ गया और न जाने फिर से क्या-क्या सोचने लगा। कैसे शादी के बाद वह छः महीने तक सुधा से दूर रहा था। फोन पर भी कुछ खास बातें होती नहीं थी। जब कभी होती भी थी तो इधर-उधर, इसका-उसका, सबकी खबर पूछने के बाद फोन रख देता था। उसका स्वभाव कुछ ज्यादा ही अन्दर की तरफ धँसा हुआ सा था, बाहर की तरफ छलकता हुआ नहीं। ऐसा उसे कई बार खुद भी महसूस होता था। जबकि उसे इस उम्र में सुधा के साथ जितना रोमाँचित व्यवहार करना चाहिए था, वह नहीं कर पाता था।

पिछली दीवाली पर नवीन गाँव पहुँचा था देहरादून से। नवीन वहीं पढ़ता था। अभी वहीं पढ़ रहा था। रवि जिसकी नई-नई शादी हुई थी नहीं गया। रवि का इस तरह, नई-नई शादी होने के बावजूद भी, महीनों तक अकेले रहना, दीवाली पर भी घर न आना, उसकी नई ईजा और बौज्यु को परेशान कर रहा था। उसके चुप ही रहने वाले व्यवहार से उन्हें भी कभी-कभी डर सा ही लगता था। उम्र, साथी, मानसिकता और जरूरत को उसके बौज्यु से बेहतर और कौन समझ सकता था। नई ईजा ने ही नवीन के साथ सुधा को उसके पास दिल्ली भेज दिया। उस समय क्या चल रहा था उनके मन में, वही जानती होंगी। अपनी आज की हालत को समझ रवि अपनी नई ईजा के बारे में सोचने लगा। जिम्मेदारी, कर्तव्य, परिवार को जोड़ कर रखना, आदमी की जिंदगी में औरत की जगह और बिना कुछ कहे ही आदमी के मन की व्यथा को समझने में नई ईजा जैसा पारखी उसे और कोई नहीं सूझ रहा था।

ग्यारह पचास के आसपास का समय रहा होगा जब एक नर्स मुस्कुराती

  सहन की पराकाष्ठा

हुई ख़ुशी-ख़ुशी रवि के पास आकर बोली .....बधाई हो, आपका बेटा हुआ है, बस थोड़ी देर और इन्तजार कीजिए, अभी माँ और बच्चे को दूसरे रूम में सिफ्ट करना है, फिर आप उनसे मिल सकते हैं। अगले दस मिनट बाद डॉ. भी उसी रूम से बाहर आयी और एक स्वच्छ मुस्कान के साथ उसे बधाई दी .....आपकी तो हवाइयाँ उड़ी थी, खुशी मनाइये, सब कुछ नॉर्मल है, आजकल तो सिजेरियन बच्चों का होना फैशन सा हो गया है, मगर आपका बच्चा नॉर्मल हुआ है, एकदम स्वस्थ और हाँ याद रखना आपके बच्चे का पैदा होने का टाइम ग्यारह सत्ताईस का है। बहुत-बहुत मुबारक हो कहकर डॉ. अपने कैबिन में जाकर कैद सी हो गई। रवि ने सब कुछ सुना .....उसकी ऐसी हालत थी जैसे कि वो अभी जमीन पर नहीं हवा में हो। उसे ये भी समझ नहीं आ रहा था कि इस ख़ुशी को कैसे जताया जाये।

रवि उस रूम में पहुँचा जहाँ नन्हा, परिवार का नया सदस्य, सुधा के बगल में लेटा था। रवि के हाथ ख़ुशी में भी काँप रहे थे। आँखें गीली थी। धान के फूल से बच्चें को छूने में भी रवि को डर सा लग रहा था। उसे अपने ही हाथ बहुत कठोर लग रहे थे। उसने धीरे से उँगली से अपने बेटे के गाल को छुआ। ओस की बूँद को छूने जैसे एहसास से, ख़ुशी से उसका मन भर आया। ख़ुशी के इस अवसर पर उसने आज पहली बार दिल से खुली आवाज में फोन पर ही सही, कैंजा को ईजा वाला पूरा सम्मान दिया। उसका हिया भरने लगा, आँखें डबडबाने लगी। ईजा की बात से उसे ऐसा लगा जैसे वो अभी भी उसके लिए ही चिंता में थी। चौमासे का सीजन न होता और पहाड़ों की सड़कें टूटी न होती तो मैं इस समय तुम्हारे पास ही होती .....ईजा की आवाज में खुशी के साथ-साथ पास न होने की मज़बूरी भी छलक रही थी।

रवि आज अनुभव कर रहा था कि ईजा बौज्यु का सिर पर सदा छाया बनकर रहने से खुद बेफिक्र रहना .....और इस रोल को निभाने के लिए खुद को उतारना .....असल हकीकत क्या है। ईजा बौज्यु को आज ठीक से समझ रहा था। कैसे निभाई थी उन्होंने अपनी जिम्मेदारीयाँ। भीगी आँखें और गहरी साँस भरता रवि जैसे प्रण कर रहा था कि ईजा बौज्यु की सिखाई सीख को कभी नहीं भूलेगा। सुधा से..... मैं अभी मिठाई लेकर आता हूँ, कहकर रवि मिठाई लेने चला गया।

★ ★ ★ ★ ★

10.
व्यवस्थित इन्तेजार

घंटे भर से ऊपर हो चुका था। करवट बदलते-बदलते। नींद उसकी आँखों के पास तक शायद आ भी रही थी। लेकिन उसे अपने बहाव में बहाने और नींद्रालीन अवस्था तक साथ ले जाने में असमर्थ ही हो रही थी। आँखें मूँदे कभी दायीं करवट, तो कभी बायीं करवट, बस करवट ही बदलने में लगा था। घुटने मोड़ता, हाथ मोड़कर तकिया बनाता, सही मायने में वो सिर्फ बिस्तर पर फड़फड़ा ही रहा था। अवस्था बदल-बदल सो जाने के भरकस प्रयास में लगा ही रहा।

बत्ती बुझाकर अँधेरा कर लेने से, पलकों पर दबाव डालने से, आँखें मूँदी होने का अर्थ, यह कतई नहीं था कि नींद्रा अवस्था में पहुँच गया। उसका मस्तिष्क पूरी तरह से जाग रहा था। कार्यरत था। एक अनसमझे, अनसुलझे सवाल के साथ-साथ उसके भीतर एक अंजाने भय ने उसे घेर रखा था। जिन्दगी को लेकर कई तरह के भय, ...वो खुद ही स्वयं को समझाने में भी लगा था। उसके मन में यह भी खयाल आता कि जितने भयों से इंसान घिरा है और जो वक्त के साथ-साथ नये-नये भय आकर इंसान को घेर रहे हैं .....ये तो काफी हद तक खुद के रचाये ही हैं।

* * * * *

चाख का खन(ऊपरी मंजिल का बाहरी भाग)। दस-बारह लोगों की भीड़ जमा थी। सभी आपस में दो-चार, दो-चार का गुट बनाये आपस की बातों में लगे थे। लोगों का आना-जाना लगा ही था। एक आ रहा था तो एक उठ कर जा रहा था। सभी खबर लेने आ रहे थे। दिन भर तो सभी अपने कामों में व्यस्त रहते साँझ की बेर ही बखत लगता। बचे सिंह ज्यु बीमार थे। उनकी खबर लेने वालों का ही आना-जाना लगा था। बचे सिंह ज्यु फ़ौज से रिटायर्ड थे। रिटायर्ड हुए भी बहुत साल हो गये। बुढ़ापा तो अब घेर ही चुका था। मगर बुढ़ापे से भी बड़ी वजह थी उनका ऐब। जी भर के बीड़ी फूँकना और पेट भर के शराब पीना। बीस-पच्चीस दिन हो चुके थे उनको दिसाड़(बिस्तर) पकड़े हुए। उनकी

सहन की पराकाष्ठा

पेशाब बंद थी। पीलीया की वजह से पूरा शरीर पीला पड़ चुका था। पसलियों की घरघराहट की आवाज इतनी तेज थी कि उनके नजदीक बैठा कोई भी सुन सकता था। बेहिसाब बीड़ी फूँकने की आदत से छाती जकड़ गई थी। अब जब साँस लेने को जोर लगाते तो छाती ऐसे उठती-सिकुड़ती जैसे पोपले मुँह से बीड़ी का धुआँ खींचते बखत जोर लगाया करते थे। लम्बा-चौड़ा चमकदार शरीर सिकुड़ कर बस मुट्ठी भर ही रह गया था।

साँझ के बखत मनोहर भी गया था, बचे सिंह ज्यु की खबर लेने। काफी देर तक बैठा भी था वहाँ। वहाँ पर हो रही बातें सुनता रहा। वो खुद बहुत कम ही बोलता था। वहीं पर सुनी बातों से, खबर लेने आये लोगों के व्यवहार से, वो अब भी उलझा ही था। जी भर के बीड़ी फूँकने में और पेट भर के शराब पीने में ....न जाने पहाड़ियों को कौन सी शान दिखती है? पीना-पिलाना कौन सी इज्जत रखने की खातिर जरूरी समझते हैं? मनोहर इन्ही बातों में उलझा हुआ था। सही निष्कर्ष निकालना ही उसे और उलझा रहा था। कुछ भी .....जो सही हो .....समझ नहीं आ रहा था। इसी विचार को बुनता-उधेड़ता वो रात भर बिन पानी की मछली की तरह बिस्तर पर फड़फड़ाता रहा था।

* * * * *

दस दिन हो चुके थे घर आये हुए। जीबन अपने बौज्यू की तबीयत को देख घर पर ही रुक गया। महीने भर पहले ही, गाड़ी बुक करके, दो लोगों को साथ ले के, वो अपने बौज्यू को आर्मी अस्पताल दिखा कर लाया था। जब वो घर आया था। उम्र से ढलता, ऐबों से गलता शरीर देख डॉक्टर भी अपने हाथ खड़े कर चुके थे। बस जबतक-तबतक की बात है। इनको आप घर ले जाओ। जितनी सेवा का समय मिले, वो करो। ये तो अन्दर से बिल्कुल ही गल चुके हैं। अब हमारे हाथ का कुछ भी करना बचा ही नहीं है। अब तो जो करेगा ऊपर वाला ही करेगा। यही सब कहा था, जब डॉक्टरों ने उन्हें अस्पताल में रखने के बजाय घर भेज दिया था।

जीबन ने दिल्ली में ही अपना बसेरा जमा लिया था। अपना मकान था। उसके दो बच्चे भी थे। दोनों ही लड़के। दोनों लड़के अब इतने बड़े हो गये थे कि उन्हें अकेला छोड़ा जा सकता था। इस बार जीबन अपनी घरवाली को भी

साथ लेकर आया था। जीबन की घरवाली आने-जाने वालों के लिए चाय-पानी की व्यवस्था करने में व्यस्त थी। आज कल उसे दसियों-बीसियों बार चाय के गिलास छालने-माँजने पड़ रहे थे। कितनी ही बार झोलि-फूंकी कितोली (जली-काली केतली) माँजनी पड़ती थी। एकबारी कितोली माँजी नहीं की दुबारा तुरंत ही चूल्हे पर रखने की नौबत आ पड़ती थी। जीबन की घरवाली ये सब करती तो जरूर थी मगर उसके मुख पर सेवा भाव का सुख कहीं दिखता नहीं था। अन्तोष की छाया उसके मुख पर छायी रहती थी। वैसे तो जो भी आता उससे वो बड़े ही आदर के साथ बोलती थी मगर सुनने वाला उसकी आवाज के लहजे से उसके मन की खिन्नता जरूर भाँप लेता था।

★ ★ ★ ★ ★

चौंथरे के पाथरों पर चप्पलों की जोर की चट्टृ-चट्टृ की आवाज सुनकर जीबन की घरवाली, जो की चौंथरे के कोने में पन्यांड़ (बर्तन माँजने की जगह) में बैठी गिलास-कितोली माँज रही थी पीछे मुड़ी, राख के सने हाथों की बँधीं-मुड़ी उँगलियों को जोड़, दूर से ही, थोड़ा झुककर बोली .....सौरज्यु पैलाग(ससुर जी पैलागुन)। गोबिं दसिंह ज्यु ने भी ज्यूजा (शुभ आशीष) ब्वारी (बहू) कहकर जवाब दिया। गोबिंद सिंह ज्यु उमर-दराज व्यक्ति, ...आदर में जीबन की घरवाली के ससुर लगने वाले ठहरे। मगर गंदे हाथों से सिर से सरके साड़ी के पल्लू को सिर पर खींचे जाने की जरूरत महसूस नहीं हुई। अब वक्त बदल चुका है। वो पहले वाला लिहाज धीरे-धीरे किनारे सरक रहा है।

ब्वारी कैसे हैं सौरज्यु? कुछ खाया.....नहीं खाया? कल तो बोल भी नहीं पा रहे थे। आज कुछ बोले.....नहीं बोले? गोबिंद सिंह ज्यु ने चौंथरे में खड़े-खड़े ही बचे सिंह ज्यु का हाल पूछ लिया। मनोहर भी गोबिंद सिंह ज्यु के साथ-साथ उनके पीछे ही आ रहा था। वो उनकी बातें सुन रहा था। गोबिंद सिंह ज्यु के सवाल पूछने के अंदाज से वो दुःख और अफ़सोस की मिलीजुली मुस्कान से मुस्कुरा रहा था। अजब तरीके के सवाल जो ठहरे .....कुछ खाया .....नहीं खाया? कुछ बोले .....नहीं बोले? द .....सौरज्यू .....अब कैसे होने हैं, वैसे ही ठहरे। जीबन की घरवाली का जवाब रुखेपन से भरपूर भरा हुआ था। गोबिन्द सिंह ज्यु भले ही जवाब सुन, जीबन की घरवाली का दुखी, चिंतित, फिक्रमंद

सहन की पराकाष्ठा

होना समझ रहे हों मगर मनोहर उसके मुख से निकलने वाले शब्दों में छिपी खिन्नता को पूरी तरह समझ रहा था। मनोहर आपसी संबंधों और उनके पीछे छिपे बोझिल भाव के बारे में विचार करने लगा। बुढ़ापा घिर आना, शरीर से लाचार हो जाना, अपने बुढ़ापे को औलाद के सहारे सुखी बनाने की आश बाँधे रखना, ...वैसे बुढ़ापे या लाचार शरीर को चलाने के लिए औलाद से ख़ुशी-ख़ुशी सहयोग पाने या मिलने की उम्मीद रखना क्या अपना स्वार्थ साधने जैसा है? वैसे लोग .....आजकल .....अपने बच्चों की जिम्मेदारी को तो समझते हैं मगर असहाय ईजा-बौज्यू को बोझ। आखिर क्यों? जीबन की घरवाली गोबिंद सिंह ज्यु को पैलाग कहकर फिर पन्याण की तरफ ही झुक गई थी। उसका ध्यान गोबिन्द सिंह ज्यु के पीछे-पीछे आ रहे मनोहर पर गया ही नहीं। वैसे तो घर आये उसे काफी दिन हो गये थे मगर आने-जाने वालों की लाइन ही लगी रहती थी इसी वजह से किसी से तो वो दो-दो तीन-तीन पैलाग बोल देती और किसी से ध्यान न रहने से एक बार भी नहीं करती थी। चौंथरे में सीढियों के बगल में चप्पलों का ढेर फैला हुआ था। पहचान के लिए अपनी चप्पलें अलग से उतार कर गोबिंद सिंह ज्यु सीढियाँ चढ़ने लगे। उन्हीं की चप्पलों के बगल में अपनी चप्पलें उतारकर मनोहर, जीबन की घरवाली से भौजी पैलाग बोला, जो की अब माँजे हुए बर्तनों को परात में रख गोठ के खन ले जा रही थी। जीबन की घरवाली ने ज्यूजा तो कहा मगर उसके चेहरे पर न पहचान पाने के भाव उभर रहे थे। जब तक वो कुछ बोलती, पूछती, मनोहर सीढियाँ चढ़कर चाख के खन की देहरी पर पहुँच गया था। वैसे तो जीबन की घरवाली दस दिनों से घर पर ही थी और मनोहर भी इस बीच पहले भी दो बार आ चुका था, बचे सिंह ज्यु की खबर पूछने। जिस दिन भी वो आया जीबन की घरवाली को सामने नहीं देखा था। मनोहर साँझ पड़े ही आता और उस बखत जीबन की घरवाली गोठ के खन खाना बना रही होती थी।

बाईस बल्लियों का दो खनों (हिस्से) का चाख, दायीं तरफ पटखाट पर बचे सिंह ज्यु लेटे थे। पड़े थे। उनके पैरों की तरफ, दीवार पर पीठ टिकाये, सिकुड़ी हुई सी, शॉल ओढ़े उनकी घरवाली बैठी थी। बायीं तरफ उनके कन्धों के बराबर जीबन बैठा हुआ था। माच का महीना, सर्दी भी जोरदार ही थी। अग्यट (अँगीठी) बांज, मीहो, घींगारु की पक्की लकड़ी के लाल डंगारों से भरा धधक

रहा था। दायीं ओर के चाख के खन बीचों बीच रखा हुआ था। बायीं ओर बैठे और लोग भी इसकी गरमाईस महसूस कर रहे थे। आज खबर लेने वालों की भीड़ और दिनों से ज्यादा ही थी। गोबिंद सिंह ज्यु के साथ ही मनोहर भी दायीं तरफ ही अग्यट के पास ही बैठ गया। मनिया, हरीय, जगूवा, लीलाधर, शम्बुवा, दीवानी, नंदुवा, ये सब दायीं ओर ही थे। प्रेमराम, बागीरम देहरी के पास बैठे थे। शिबुवा, अमरी, राजुवा, बिनुवा, खुशयाली बायीं तरफ थे। बिनुवा नोनफ़िल्टर पनामा सिगरेट के खाली किये हुए सफ़ेद कागज के खोल में औंतर (चरस) और सिगरेट के तम्बाकू को हथेली पर रगड़-रगड़ कर भर रहा था। ताशों की व्यवस्था की बात चल रही थी।

गोबिंद सिंह ज्यु उठ कर गये और जीबन के बौज्यू को ओढ़ाया हुआ कम्बल हटाया, और उनके बुझते, डूबते शरीर पर सिर से लेकर पाँवों तक चश्मे के ऊपर से अपनी आँखों को फैलाते हुए, मुख से निकलती चिट-चिट की आवाज करते हुए, गर्दन को ना-ना के इशारे में घुमाते हुए, उनके पूरे शरीर पर नजर दौड़ाई। फिर एक अफ़सोस भरी गहरी साँस भरते हुए ढ़कौंना पहले की तरह ही ओढ़ा दिया, जैसे था। फिर जीबन की तरफ मुड़कर बोले जीबा .....सूजन तो अब छाती तक पहुँच गई है, अब तो मुश्किल ही लग रहा है, रात .....रात की घड़ी भी निकाल पाएँगे..... । जीबन क्या कहता। अपने दोनों होंठो को दाँतों पर कस कर भीच लिया उसने। कोने में बैठी जीबन की ईजा ने ओढ़े हुए शॉल के पल्लू को आँखों पर दबा लिया।

मैंने तो आते ही कह दिया ठहरा। अमरजड़ी तो किसी ने खाई नहीं ठहरी। बिशन, गोपीया गये हैं खाना खाने। खाना खाकर अभी आते ही होंगे। बाकी लौंडे-मौंडे अभी यहाँ बैठे ही हैं। पौहर (पहरा) तो करना ही पड़ेगा। इनका रात की घड़ी ठहरना तो मुझे भी मुश्किल ही लग रहा है। तो दो-चार लोग जीबन के साथ यहीं लेट जाएँगे। जगह कम जो क्या हो रही है। इतना बड़ा दो खनों का चाख ठहरा। पत्ते खेलते हैं तो खेलने दो। टाइम तो पास करना ही ठहरा। रात की घड़ी ही ठहरी। मैं तो रुक भी जाता पर मेरे बस का तो हुआ ही नहीं। बुढ़िया भी अकेली ही ठहरी घर पर। एक पाव दे रहा है अभी भैंस दूध। सवेरे छपक मारने (दूध निकालना) भी मैंने ही जाना हुआ। बुढ़िया को तो नजदीक ही नहीं आने देता। खाली कचून (दबा) जो देगा। सब लीलाधर ज्यु की बात चुपचाप

 सहन की पराकाष्ठा

सुन रहे थे। अपनी बात पूरी करके लीलाधर ज्यु घुटने में हाथ रखते हुए उठने लगे। अच्छा तुम लोग बैठो मैं हिट (चल) देता हूँ, कहकर दीवार का सहारा लेते हुए, बैठे हुए लोगों के पाँवो के बीच से अपने पाँवों के लिए जगह बनाते हुए देहरी की तरफ आ गये। लीलाधर ज्यु उमर-दराज हुए, जीवन के उतार चढ़ावों के अनुभवी भी, इसीलिए सब उनकी बात ध्यान से सुनने वाले हुए।

मनोहर चुपचाप बैठा था। बिन कुछ बोले। केवल सुन रहा था। जैसे सब कुछ उसकी समझ में आ रहा हो या कहें कि कुछ इस तरह की कुछ समझ ही नहीं आ रहा हो। जीबन की घरवाली जिसे आते बखत उसने कितोली-गिलास माँजते-छालते देखा था, स्टील की थाली में आठ-दस चाय से भरे स्टील के गिलास ले आई। प्रेमराम, बागीराम जो की देहरी के पास ही बैठे थे, ने एक काख (तरफ) लगकर उसे अन्दर आने का रास्ता दिया। थाली से चाय लेकर चाय का गिलास अपनी दोनों हथेलियों में कसकर घुमाता मनोहर अपने अंतस में कहीं खो सा गया। मन में उठते एक सवाल ने उसे परेशान कर दिया था। उसके आँखों के सामने की व्यवस्था ने उसके भीतर की अंतरव्यथा को जगा दिया था। कैसा रिवाज है ये? कैसा मिजाज है ये? जो जीवित हैं ....चाय की चुस्कियाँ ..... बीड़ी के धुँयें का गुबार .....औंतर .....ताशों की व्यवस्था .....खाना खाने की जल्दी .....किस लिए? ये सब व्यवस्थाएँ की जा रही थी तो बस ....सिर्फ और सिर्फ .....बीमार के मरने के इन्तजार में।

भुबन को फोन तो कर दिया होगा? .....ये आवाज मनोहर के कानों में पड़ी जरूर थी, लेकिन ये सवाल बैठे हुए लोगों में से किसने किया उसे पता ही नहीं चला था। खबर तो कल ही कर दी थी सखत हैं करके .....बैठ गया है रात वाली गाड़ी में .....कल सुबह नौ-दस बजे तक टिक जायें तो भेंट हो जायेगी .....सब उसके हाथ में है। कहते हुए जीबन ने अपनी दोनों हथेलियों से छत पर बिछी बल्लियों की तरफ इशारा सा किया और एक नजर ऊपर की तरफ झाँका भी। सब माया जाल हुआ .....किसी के हाथ में जो क्या ठहरा .....सभी ने एक दिन जाना ही ठहरा .....यहाँ कौन रहा .....ये तो हुआ मृत्यु लोक .....जिसका जितना अंजल .....लिखा होगा कपाल पर भेंट होना तो हो कर रहेगी। मन दा ने कितनी दृढ़ता से कही थी अपनी बात। फिलोस्फर वाले अंदाज में। मुँह से निकलते हुए आँखरों के साथ शराब की बास भी कुछ ज्यादा ही आ रही थी।

बास के फैलते ही अगल-बगल बैठे सभी ने अपनी नाक सिकोड़ ली थी। जगुवा ने बात का समर्थन सा किया .....ठीक कह रहा है मन दा .....हमारे किसी के हाथ जो क्या ठहरा फिर, हम तो नर-बानर हुए। साँसों की गिनती जो क्या जानने वाले हुए। हम तो बस माया जाल में गज्बजी (उलझ) के रहने वाले हुए। इस तरह से दमदार तरीके से बात का अनुमोदन करने की असल जड़ तो कुछ और ही थी। साँझ पड़े। दुकान से घर आते बखत। मान सिंह और जगुवा ने अध्धा साथ ही मारी थी। दिनुवा की दुकान में। बोलते समय मुख से बास तो जगुवा की भी आ ही रही थी लेकिन थोड़ा कम।

★ ★ ★ ★ ★

भुबन देहरादून रहता था। दो लड़कियाँ थी उसकी। घरवाली तो बड़ी शांत मिजाज थी। मगर भुबन ही जरा तेज मिजाज का था। जब जीबन पढ़ाई-लिखाई के नाम पर अपने बच्चों को अपने साथ दिल्ली ले गया तो भुबन का मिजाज उस समय भी बिगड़ गया था। ईजा ने .....बिना किसी छल-कपट के जो कह दिया था .....भुबना .....च्यला (बेटा) .....ब्वारी को घर में ही रहने दे। दो लड़कियाँ हैं तेरी। यहीं पढ़-लिख लेगी। घर का कामकाज भी सीखेगी। लड़के तो मड़ुवे के दाने की तरह बढ़ते हैं मगर, लडकियाँ गेहूँ के दाने की तरह। कल के दिन जब शादी-ब्याह करेगा .....तो ठीक ही रहेगा। भुबन को ये बात अखर गई। जीबन दा के लड़के हैं तो दिल्ली में पढ़ेंगे और मेरी लड़कियाँ हैं तो घर का काम करेगी? कतई नहीं, बिल्कुल नहीं करेगी घर का काम। जैसे भी करूँगा मैं अपने आप करूँगा। मैं ले जा रहा हूँ अपने बच्चों को अपने साथ। भुबन के स्वभाव को माना उसकी ईजा से बेहतर कोई नहीं जानता मगर उसके मुख से, उसे ही कभी इतनी कठोर बात सुनने को मिलेगी, उसकी उम्मीद से परे की बात थी। ईजा ने जो कहा था शायद ममता बस .....लड़कियाँ ही हैं दोनों .....लड़का नहीं है इसका, ऐसा जरूर सोचा होगा। परन्तु गाँव में भी आज के समय में पहले की तरह थोड़े ही रह गया था कि लड़कियाँ गाँव के स्कूल में दसवीं-बारहवीं तक पढ़ कर आगे की पढ़ाई के लिए गाँव से बाहर नहीं जाती हो। जिस समय भुबन और उसकी ईजा के बीच ये सब बातें चल रही थी उस समय बचे सिंह ज्यु जरा नशे के जोश में थे। अब तक बीच में कुछ बोले भी नहीं थे। बस सब कुछ चुपचाप सुन ही रहे थे। मगर अब उनसे रहा नहीं गया। उम्र के साथ भारी हो चुकी आवाज में

सहन की पराकाष्ठा

गरजते हुए अपनी घरवाली को धमकाते हुए बोल पड़े थे, ... जान दे - जान दे। अपने-अपने बच्चों का हाथ पकड़ो और जाओ यहाँ से।तू भी ये रोना-बिलखना बंद कर। इनका दिया खा रहे हैं? पिलसन (पेंशन) है .....काफी है हमारे ..... खाएँगे दोनों। बस तू एक बात याद रखना .....मेरे मरने के बाद आएँगे ये तेरे पास .....तेरा गू खाने .....पिलसन के चक्कर में। जो तेरा खयाल रखेंगे, तो देना, नतर (नहीं तो) किसी को .....पैसे देकर ही सही .....अपना काम करा लेना ..... पैसे ही तो देने पड़ेंगे। तेरे को बहका के किसी कागज पर बुरुठी (अँगुठा) टेकने को कहें तो .....कोई जरूरत नहीं है। नतर मैं तो कह रहा हूँ भूखी मर जाना। ..... लड़की है लड़का है। क्या लड़की है लड़का है लगा रखा है? तेरे तो हैं अब भोग सुख। अच्छा हुआ इनकी कमाई-धमाई नहीं खा रहे हैं। वरना .....ये थूकते और हम चाटते। बचे सिंह ज्यु ने अपनी घरवाली को धमकाते हुए जैसे ये बातें कही, उनकी घरवाली फफकते हुए, अपनी आँखें पोंछती हुई चाख से गोठ के खन चली गई। भुबन की घरवाली पहले से ही दोनों बच्चों को लेकर गोठ के खन छुप के बैठी हुई थी। भुबन मालखन जाकर अपनी अटैची लगाने लगा था।

* * * * *

    प्रेमराम जो देहरी के पास ही बैठे थे, भुबन के बारे में बातों को आगे बढ़ाते हुए बोल पड़े। भुबन अकेला ही आ रहा है कि बच्चों को भी ला रहा है? .....कितने बच्चे हैं भुबन के? प्रेमराम के मुख से बात छूटी नहीं कि गोबिंद सिंह ज्यु चट्ट से बोल पड़े जैसे पहले से जानते हो कि क्या सवाल पूछा जाने वाला है। तीन .....तीन हो गई ठहरी। "बूसै मुट्ठी"। तीसरी अभी तो हुई थी, साल-डेढ़-एक की ही होगी अभी। वो तो ऐसे बताने लगे जैसे सब जानते हो इस परिवार के बारे में। वैसे बहुत कुछ जानते भी थे। बचे सिंह ज्यु के साथ उठना-बैठना, खाना-पीना जो ठहरा। गोबिंद सिंह ज्यु के मुख से लड़कियाँ ही ठहरी सुनने पर जीबन की ईजा ने उनको ऐसे घूरा जैसे उसे इस बात में अपमान या नीचा दिखाने जैसे कुछ लगा हो। जीबन ने भी इसी क्षण अपनी ईजा के मुख की भाव-व्यक्तता को देख लिया था। जीबन की ईजा का चेहरा .....उसकी लड़कियाँ ही हैं तो इन्हें खाजी (खुजली) जैसी क्यों लग रही है, के भावों से उनकी बात का विरोध जाता रहे थे। जीबन के मन में भी एक अलग ही भाव उमड़ रहा था। ये सब देखकर जीबन को .....ठीक ही कहते हैं सब .....बौज्यू को ज्यौठपाठ् (बड़ा

लड़का) और ईजा को निकांशे (सबसे छोटा) ही प्यारा होता है वाली बात का खयाल आने लगा।

मनोहर बस, सबकी बातें सुन रहा था, और सबके चेहरे के भावों को जैसे परख रहा था। कुछ बोलने सुनने को उसके पास भी जैसे था तो बहुत कुछ मगर कहते कैसे हैं उसे कुछ पता ही नहीं चल रहा था।

समय तो काटना ही था, मौत के इन्तजार में। ताश चल रहे थे एक खन, और दूसरे खन .....कुछ फसक और कुछ फिलॉसफी।

बातें चलती रही ..... नाती-नतैड़ा हो गये ठहरे, अपने ही रास्ते जा रहे हैं। दोनों लड़कों को पढ़ा-लिखा कर सटल कर ही दिया ठहरा। सब कुछ अपने बलबूते .....अपनी नौकरी .....अपनी पिलसन के बूते ही किया ठहरा। वरना आज के समय में अकेले लड़कों के बस की बात जो क्या ठहरी? लड़कों ने तो सब कुछ हरीपट्टु (हरा-भरा) ही देखा ठहरा।

कोने में पड़े बचे सिंह ज्यु कुछ बोल तो नहीं पा रहे थे। और अगर सुन पा रहे होंगे तो .....यही समझ रहे होंगे कि यही कीमत है, यही निष्कर्ष है, पूरी जिन्दगी का। कि मुझसे मेल-जोल रखने वाले .....मेरी घरवाली जो आजीवन मुझ पर ही आश्रित रही .....बच्चे जो अपने पैरों पर खड़े होने के बाद अपने ईजा-बौज्यू को ही एक बोझ, एक झंझट समझने लगते हैं .....गाँव-बिरादरी के लोग .....एक साथ इकट्ठा होकर फसक मारने .....इतनी भीड़ .....लगा रखी है तो बस .....एक .....मेरी ही मौत के इन्तजार मैं।

जीबन के ऐसे हाव-भाव को देख मनोहर का मन किसी एक ठौर टिक नहीं रहा था। उसे पता ही नहीं चला कि कब ऐसे ही बैठे-बैठे घंटे भर से ज्यादा का समय बीत गया। बिशन, गोपिय खाना खाकर आ चुके थे। नराणीं अभी आया नहीं था, उसके घर पर खाने की व्यवस्था देर तक चलती थी। उसके छोटे-छोटे और ज्यादा बच्चे जो ठहरे। सबको सँभालना, खिलाना, पिलाना, सुलाना .....टैम तो लगने वाला हुआ ही। इस बात पर भी जरा मजाक होने लगी। बिशन,गोपिया के आते ही, दो-तीन लोग जाने के लिए उठ खड़े हुए, मनोहर भी उठकर औरों के साथ बाहर आ गया।

* * * * *

   सहन की पराकाष्ठा

मनोहर, केहुना टेके बिस्तर पर लेटा हुआ था। हाथों की दसों उँगलियों से किताब के पन्ने दबाये हुए। वो जिस किताब को पढ़ रहा था आखरी तक पहुँच गया था। मगर एक अजीब आदत थी उसकी। किसी किताब को पूरा नहीं पढ़ता। वह कभी नहीं चाहता कि किताब को पूरी पढ़कर लेखक द्वारा निकाले गये निष्कर्षों से अपने मनोविचार जोड़ ले। किसी बात की तह तक पहुँचने में किया जाने वाला प्रयास जितना आनन्ददायक होता है, तह में पहुँचने पर, दूसरों द्वारा बताए गये निष्कर्षों से आनन्दभाव एक सीमा में बँध कर रह जाती है। उसकी अपनी ही फिलॉस्फी थी। हमेशा से ऐसा ही करता आया था।

किताब के आखरी कुछ पेज पढ़ने के बजाय बिना पढ़े ही किताब बंद कर दी। ऐसा करने से बहुत सारी कहानियों के प्रसंग उसके मस्तिष्क में घूमते रहते। सभी का वह अपने हिसाब से निष्कर्ष निकालता। मगर आज उसका पढ़ने में बिल्कुल भी मन नहीं लग रहा था। बचे सिंह ज्यु का जीवन निष्कर्ष जो उसने अपने हिसाब से निकाला था, उसके मन को अनेक सवालों, विचारों से घेर रहा था। कई बार किताब बंद कर चुका था। फिर .....अपने मन को संयम में रखने के लिए खोल ले रहा था। अच्छा-बुरा, दुःख-सुख, प्रेम-द्वेष, परोपकार, लालच, घृणा .....माना सब मानवीय गुण ही हैं परन्तु फिर भी .....क्या कोई रास्ता नहीं कि हम दूसरों से, खुद के सुखी पारिवारिक, सामाजिक जीवन निर्वहन में सहयोग की अपेक्षा रखें? रखें .....न रखें .....सही है या गलत .....? और क्या दूसरों को अपनी खुशी के लिए, अपनी राह चलाने की अभिलाषा रखना अपना स्वार्थ साधने जैसा नहीं है? वजाय इसके कि हमारी वजह से दूसरे सुखी रहें और इसे हम अपना फर्ज, कर्तव्य, परोपकार या कहें भलमनसाई न कहकर नैतिक व्यवहार ही क्यों न बना लें।

सर्दियों की लम्बी ठंडी रात और सर्दियों के दिन छोटे। मोबाइल फोन भले ही रात को सोते बखत सिरहाने के पास ही रहता है। मगर दीवार वही चुनी जाती है, घड़ी टाँगने के लिए, जिस पर नजर, बिस्तर पर लेटे-लेटे ही पड़ जाये। मनोहर की नजर घड़ी पर गई, समय अधिक नहीं हुआ था, पौने दस ही बज रहे थे। गाँवों में घड़ी की सुई के मुताबिक चलने का चलन कुछ तय ही कामों के लिए तय सा है। जैसे सुबह उठने के लिए, मगर रात को खाना खाने या सोने के लिए नहीं। अन्धेरा घिरा नहीं कि जल्दी खाकर बिस्तर पकड़ लिया। इतनी लम्बी

रात। बेचैनी। अपने ही भीतर जगी हुई फड़फड़ाहट। ऐसे .....कैसे .....जैसे, जैसे कई सवाल मनोहर को सताने लगे थे।

चार बटा छः के पलंग पर दीवार की तरफ सोती हुई मनोहर की बेटी थी। जो दो बरस की थी। बेटी से लिपटी, उसी की तरफ मुँह किये हुए, उसकी घरवाली सो रही थी। बेटी, अपने दायाँ हाथ से अपनी ईजा की बायीं छाती को पकड़े हुए लेटी हुई थी। पलंग के सबसे बाहरी तरफ मनोहर लेटा-लेटा, अपनी ही दिमागी उलझनों में घिरा हुआ था। मनोहर की बुढ़ी ईजा और छः बरस का बेटा चाख के खन सो रहे थे। मनोहर को उसकी घरवाली का, लाईट बंद कर सो जाने के लिए बार-बार टोकना, कोई नई बात तो नहीं थी। आज भी दो बार तो टोक ही चुकी थी। बेटी से चिपककर सोने की कोशिश में तो वो भी लगी थी। मगर नींद कहाँ आ रही थी। उसके मुख पर एक अजीब सी चिड़चिड़ाहट थी। मुँह ढक कर बेटी को दूध पीला नहीं सकती थी। जैसे ही रजाई से मुँह ढके, तो वैसे ही घुटन से बेटी जाग जाय। इसी कारण उसकी घरवाली के ब्लाउज के बटन खुले होने से छाती उघड़ी हुई थी। इसी कारण उसके चेहरे पर नींद, ठण्ड, जलता बल्ब, मनोहर की उठक-बैठक ने चिड़चिड़ापन पोत दिया था। हाँ एक और भी वजह थी .....मनोहर का अलग रजाई लेकर सोना।
मनोहर खुली लाईट में थोड़ी देर अपनी बेटी को देखकर मुस्कराता रहा। घरवाली को देख कर भी। ठण्ड .....बगल में घरवाली .....वह मुस्कराता रहा। उसकी ये आदत उसकी घरवाली की नींद ही खराब नहीं बल्कि .....उसे चिढ़ाती भी रही थी।

* * * * *

गोठ की देहरी के पास बोरा बिछाये मनोहर की ईजा अपनी नातीड़ी को गोद में लिए बैठी थी। उसकी घरवाली बेटे को स्कूल के लिए तैयार कर रही थी। मनोहर चौथरे के कोने पर बौहल (बसूला) से लकड़ियाँ फाड़ रहा था। सुबह के नौ बजने वाले थे। मौसम साफ़ था। धूप चटख खिली थी। धूप में गर्माहट भी थी। पहाड़ो में मौसम का ये मिजाज बड़ा अच्छा रहता है। सुबह शाम जोर की ठण्ड और दिन में चटख धूप। लकड़ियाँ फाड़ते हुए मनोहर को बचे सिंह ज्यु का खयाल भी आ रहा था। यही सोच रहा था कि ज़रा काम निबट जाये तो फिर

                                    सहन की पराकाष्ठा

उनके घर जायेगा। आज उसे कहीं काम पर भी नहीं जाना था। वैसे तो गाँव की धूँणी (धूनी) का जीर्णोद्धार का काम चल रहा था, मगर ठेकेदार एक हफ्ते से गायब था। मनोहर अपने ईजा -बौज्यू की एकलौती संतान था। बौज्यू का उसके बचपन में ही गुजर जाने से उसकी ईजा ने उसे काम-धंधे की तलाश में, शहरों की तरफ रुख करने के बजाय, उसे घर में ही रोक लिया था। जब लकड़ियाँ फाड़ कर मनोहर उठा तो उसकी नजर मानसिंह और हरिया पर पड़ी, जो उसके घर के बांयी तरफ वाले खड़े रास्ते से जा रहे थे। चौथरे में खड़े ही खड़े मनोहर ने उन्हें आवाज लगाई। बचेसिंहज्यु की खबर पूछी। आवाज सुनकर दोनों ठहर गये थे। वैसे ही ठहरे .....जब तक-तब तक .....अभी भुबन भी नहीं पहुँचा है। मानसिंह ने चलते-चलते जवाब दिया और चलता रहा।

कुछ देर बाद, हाथ पर भात की जूठी थाली लेकर जब मनोहर गोठ के खन से बाहर निकल रहा था, यही कोई साढ़े दस-ग्यारह का समय था। उसकी नजर खड़े रास्ते पर तेज भागते, शिबुवा पर पड़ी। मनोहर ने उसे आवाज लगा दी। आवाज सुनकर वह भी उसके घर की तरफ मुड़ गया। शिबुवा चौंथरे से बहार ही खड़ा रहा। चौथरे की दीवार का सहारा लिए हुए। ..... तुमने तो सुन ही लिया होगा .....बचेसिंहज्यु .....जो होना था सो हो गया। भुबन भी अभी पहुँचने ही वाला है बल .....जीबनदा ने फोन किया था। मनोहर शिबुवा की बात चुपचाप सुनता रहा। उम्र में शिबुवा, और आदर में मनोहर बड़ा था। मगर दोनों ही हमउम्र थे। इसलिए रिश्तों की कोई पाबंदी नहीं थी। पहले ये बता तूने कहाँ दौड़ लगाई ठहरी? मनोहर ने उससे उंची और अधिकार ज़माने वाली आवाज में पूछा। शिबुवा ने भी जवाब मुस्कराते हुए दिया .....द..च्चा तुम्हें तो पता ही ठहरा। ऐबी हम भी कग जो क्या ठहरे। अभी घाट भी जाना ठहरा। ठण्ड इतनी है। दिन आजकल वैसे ही छोटे। ग्यारह तो बज ही गये हैं। आधा दिन गया समझो। मुख देखने के लिए रिश्तेदार आयेंगे। भुबन का इन्तेजार हो रहा है। तिथाड़ (श्मशान) ठहरा इतनी दूर। जाते टैम तो कराव (ढलान) हुआ आते टैम हुई उकाई (चढ़ाई)। वहाँ बांज, उंणतीस की घुप्प छाया रहने वाली हुई। घाम तो वहाँ धरती तक कभी पहुँचने वाला हुआ ही नहीं। तुष्यार (पाला) कभी सूखने वाला जो क्या ठहरा वहाँ। तीन-साढ़े तीन घंटे तो लगने ही वाले हुए। फिर कौन जाने राख होने में मुर्दा शरीर कितना टैम लगा दे। मेरी तो कमर ही पड़ जाने

वाली हुई ठंड में। नहाना-धोना भी जरूरी ही ठहरा। बिना नहाये रहें भी कैसे .....
मुर्दा फूँक के? थान (मंदिर) भी ठहरा ही घरभतेर (घर के अंदर)। एक पव्वा
मारूँगा तभी होंगे सब काम। तभी लगाई ठहरी दौड़। बाद में टैम लगे न लगे।
एक पव्वा रख जाता हूँ घर पर भी। बस दिनुआ की दुकान की तरफ ही जा रहा
था।

* * * * *

सहन की पराकाष्ठा